ホームズ連盟の冒険

北原尚彦

祥伝社文庫

THE ADVENTURES OF HOLMES LEAGUE

by

Naohiko Kitahara

2016

(Shodensha Bunko 2019)

目次

第一話　**犯罪王の誕生**　モリアーティ教授

「……教授。すみません、モリアーティ教授」

呼ばれていることに気づき、デスクに向かって紙上の数式に浸《ひた》っていた私は顔を上げた。私の研究室の入り口に立っていたのは、大学の若い事務職員、オールコックだった。以前はこの大学の学生だったが、研究の道に進むのは諦《あきら》めて事務の仕事についた男だ。瘦身《そうしん》で、眼鏡《めがね》をかけている。

思考を邪魔されて私は溜息《ためいき》をついた。後でまた計算をやり直さねばならない。ペンを置くと、言った。

「なんだね、オールコック」

私の声に、不機嫌さが滲《にじ》み出ていたのだろう。オールコックはそれ以上部屋の中に入ってこようとはせず、叱咤《しった》の言葉を投げかけられたかのごとくに、びくりと震えた。

「お忙しいところをまことに申し訳ありません」オールコックの声が小さくなる。「学長が教授をお呼びです。すみませんが、学長室へ行って頂《いただ》けますか」

「学長が？」

そう問い返しながら、心の中で首を傾《かし》げた。いま学長に呼び出されるような案件には、特段心当たりがなかった。——解答の出ない問いは、数学者にとって決して愉快《ゆかい》とは言い難《がた》い。

オールコックは、私が彼から視線を動かさずに考え込んでいるのを誤解して、睨《にら》みつけられているとでも思ったようだ。

「お邪魔して、本当にすみませんでした。僕は学長の命令で、呼びに来ただけなんです。たまたま、給仕がいなかったもので、僕が命じられたんです。とにかく、学長のところへお願いします。『なるべく早くお願いしたい』とのことでした」

「どういう用向きか、君は何か聞いているかね」

「いえ、僕はモリアーティ教授を呼んで来い、とだけ言われて直《す》ぐにこちらへ参りました。事情は、全く聞いておりません」

どうやら嘘《うそ》は言っていないようだ。物言いがぎこちないが、単に私が相手なので萎縮《いしゅく》しているだけらしかった。

「わかった。すぐに行こう」

「ありがとうございます」オールコックは、あからさまにほっとした顔をした。「では、確かにお伝えしましたよ。失礼いたします」

オールコックは、逃げるようにそそくさと立ち去った。邪魔者がいなくなり、研究室に静寂が戻った。しかし、深遠《しんえん》なる思考は戻ってこない。

窓の外を眺《なが》める。灰色の雲に覆《おお》われた、どんよりとした冬景色だ。強い風が吹きつけ、窓枠をがたがたと鳴らす。

暖炉《だんろ》の火床《ひどこ》で炭が崩れ、がさりという音を立てる。炎が一瞬大きくなった。

私はゆっくりと、頭を振った。


大学構内の中庭に出て、一瞬足を止めると、身を切るような寒風が襲ってくる。私は襟《えり》を立てて、歩き出した。周囲はゴシック調の古い建物が並んでいる。歴史を感じさせる立派な建築物ばかりではあるが、雨風に黒ずみ、陰鬱《いんうつ》な雰囲気を醸《かも》している。苔《こけ》むしていたり、ツタに覆われている外壁もある。

——この小さな私立大学で、私は数学の教授をしている。二十代で二項定理に関する専門書を書き、それがヨーロッパ中で広く評価された。以降、同ジャンルの研究がなされる場合は、必ず私の本が参考文献の筆頭に挙《あ》げられるようになったほどだ。

そんな功績の賜物《たまもの》として得たのが、現在の職である。給料は安いが、この名誉ある立場に立ちたいと考えている人間は、幾《いく》らでもいるはずだ。

学長も、私には一目《いちもく》置いている。「モリアーティ教授を擁《よう》している大学」というだけで、大学側にも箔《はく》が付くからだ。私が行う講義の内容についても、一切《いっさい》任《まか》せてもらっている。仕事のバランスについても同様で、最近は研究室にいる時間の多くを著作の執筆に割《さ》いている。今も、近著の検算をしていたところだったのだ。それは『小惑星の力学』と題される予定だ。

かような立場ゆえ、学長が私のことで何か口を挟んでくるような事例は滅多《めった》になかった。今回の呼び出しの理由には、全く心当たりがない。

答えを得るためには、本人から直接聞かねばならないようだ。

煩《わずら》わしさを感じつつ、先刻よりも大きな溜息をつきながら、私は足を速めた。

学長の部屋のドアをノックすると、中から「入りたまえ」と声がかかった。入ると、奥のデスクの向こう側に、白髪の学長が座っていた。私の研究室よりも部屋が大きいのは当然だが、デスクまで大きい。太った身体《からだ》を支える椅子《いす》も大きい。学長は書類を書いていたが、吸い取り紙でインクを乾《かわ》かすと、ちらりとこちらに目を上げて、言った。

「ようやく来たな、モリアーティ教授」

「何のご用ですかな、学長。お呼びと聞いたのですが」

「この際、いらぬ前置きはやめておこう。とんでもないことをやってくれたものだな、教授」

学長は、私に来客用の椅子を勧《すす》めもしなかった。なので、私は立ったままだ。

「何を言っておられるのか、全く分からぬのですが」

私のこの言葉に、嘘偽《いつわ》りはなかった。

「モリアーティ教授。君がハインドキープ大学の化学研究室に情報の漏洩《ろうえい》をしているらしい、と報告を受けたのだよ」

私は片方の眉《まゆ》を軽く上げると、冷ややかに言った。

「ハインドキープ大学？　化学研究室？　何のことやらさっぱりですな」

「しらばっくれても無駄だ、教授。現在、我が校の化学研究室とハインドキープ大学の化学研究室とでは、繊維に用いる新たな染料の開発でしのぎを削《けず》っていることは、誰でも知っている。我が校ではベテランのバウケット教授と、新進気鋭のカールスン教授とで、懸命に共同研究を進めているのだ」

「生憎《あいにく》と、私は自分の研究以外のことには興味がありませんでな。高等数学と、高等数学を用いる物理学以外のことは頭にない。ましてや染料のことなど、全く存じません」

「両校の〝新式染料戦争〟を知らぬものが、この学校にいるはずがあるものか。とにかく、以前は我が校の方が一歩先へ進んでいた研究開発競争だが、最近ハインドキープ大学が急速にリードするようになった。それはこちらの情報が漏洩されているからだと判《わか》り、そこへ君がここのところハインドキープ大学の化学研究室に出入りしているという情報が入ったのだ」

「私がスパイ行為を行ったとでもおっしゃりたいのですか？　全くばかばかしい。困りますな、学長ともあろう方が、そんな根も葉もないでまかせを信じられては」

だが、学長の表情は、こわばったままだった。

「しかし、それが信ずるに足る方面から来た話でね。さすがに放置はできず、こうして君を呼び出さざるを得なくなった次第だ」

「信ずるに足る方面――それは誰ですかな」

学長がようやく表情を変え、困った顔をした。

「情報提供者が誰であるか、ここで言うわけにはいかん。だが、私はそれを信用した、とだけは言っておこう」

「では私は、それは真実ではない、と申し上げるだけです」

「情報提供者と、君との主張は真っ向からぶつかり合うわけだな。そこで、裁定者としての私の出番となるわけだが……私は情報提供者の方の証拠を信じる。君にはなんらかの処罰を与えねばならない。場合によっては君の進退にまで関わるかもしれない。一週間後までに詳細を決め、追って知らせる。話は以上だ」

「……学長は既《すで》に結論を出しておられるようですな。ではこれ以上、私が何か言っても意味はありますまい。辞去しますが、それは学長が話は以上だとおっしゃるからであり、罪を認めたわけではないということは、申し上げておきます」

私は声を荒らげるわけでなく、淡々とそう言うと、学長室を後にした。

廊下に靴音を響かせて進むにつれ、窓から入る日光が私の顔を横切っていく。雲が途切《とぎ》れて、晴れたようだ。

歩きながら、私は考えた。

――さて、どうしたものか。

実は、敢《あ》えて学長の前では言わなかった事実がある。私は最近、ハインドキープ大学に何度か足を運んでいたのだ。但《ただ》し、染料開発云々《うんぬん》に全く関わりがない、というのは真実だ。

つまり〝情報提供者〟は、私がハインドキープ大学を訪れていることを知り、染料開発に関するスパイと結びつけ、私を陥《おとしい》れようと考えたのだ。そして偽りの話をでっち上げ、学長に嘘の報告をした。

一方で、学長はどうか。彼は、実は研究者としてはさほど成果を挙げてきたわけではない。学内の政治力だけで、最高の座にまで上り詰めた男なのだ。だから、何かあった際には常に敏速に動く。今回も、情報提供者から私についての話を受け、その話に乗った方が今後の自分に対して有利に働くと判断したのだろう。

ことによると、当初は私の名声を利用したはいいが、その名声ゆえに私が学長の座を狙《ねら》っているのでは、とでも考えるようになったのだろうか。

――ばかばかしい。私は肩書きや名誉になど興味はない。私はそんな俗物ではない。そう思われていたとしたら、実に業腹《ごうはら》だ。

ともあれ、ただ手をこまねいているわけにもいかなくなった。なんらかの行動が必要だ。

今、まず取る行動は何か。

それは決まっている。


建物を出たところで、背後から声を掛けられた。

「教授！　モリアーティ教授」

振り返ると、それはアルジーだった。学長のもとで雑用係を務《つと》める、制服姿の少年給仕である。

「今しがた、廊下で時計を落とされましたよ。はい、これ」そう言って少年給仕は、駆け寄ってくると、懐中時計を私に手渡した。

私は受け取ったそれをとっくりと眺めた。蓋《ふた》を開き、確認する。確かに、私のものに間違いない。

「うむ、すまんな、アルジー」と私は言った。ぱちんと蓋を閉じ、懐中時計をベストのポケットにしまい込む。「これは亡くなった父から譲《ゆず》り受けた、個人的に大事なものなのだ。紛失せずに済んで、助かった」

私はズボンのポケットに手を突っ込むと、つかんだ硬貨をアルジーに差し出した。「これを受け取ってくれたまえ。ほんの気持ちだ」

硬貨を見て、アルジーが目を丸くした。「ソヴリン金貨じゃありませんか。そんなに頂けませんよ」

「少なくとも私にとっては、この時計がそれほど価値があるということなのだよ。だから、これを受け取ってくれないと、時計に価値がないということになってしまうのだ」

「その論理はぼくにはよく分かりませんが……そこまでおっしゃるなら、ありがたく頂きます」

アルジーがソヴリン金貨を押し頂き、ズボンのポケットに入れたのを確認してから、私は言った。

「では、ご苦労」

「どうも」とアルジーは、帽子に手をやった。

私は彼の前を一旦《いったん》通り過ぎたが、数歩進んだところで足を止め、振り返った。

「そういえば、君はいつも学長室の前で控えているのだったな」

「はい、そうです。来客を学長室へ案内したり、学長のメッセンジャーを務めたり、主にそういう役目を果たしております」

「そんな君なら、分かるかもしれん。少々、教えて欲《ほ》しいことがあるのだ」

「なんでしょうか、モリアーティ教授」と、アルジーが不思議そうな顔で答えた。それも無理からぬことだ。私が足を止めて彼に何か訊《き》くなどということは、これまで一度もなかったからだ。

「最近、学長のところへ足しげく通っていた人物は、いなかっただろうか。……なに、この大学にも当然ながら出世競争というものがあってな。学長のところへ、売込みをかけている人物がいないか、知りたいのだよ」

「ああ、そういうことでしたか。そうですねえ……ああ、物理のホワイトロー教授がいます。ここのところ、ちょくちょく学長室を訪れてらっしゃいます。今日も、モリアーティ教授がいらっしゃる前に、来てらっしゃいましたよ」

「ふむ。ホワイトロー教授か。それはなかなか強力な競争相手だな。……ありがとう、アルジー」

「ぼくがお知らせしたということは、くれぐれもご内密に願います」

「お互いさまだ。私がそのようなことを訊いたということは、内密に頼む」

私は共犯者めいた視線をアルジーと交《か》わし、その場を後にした。

少年給仕に背を向けた私は、笑《え》みを浮かべた。アルジーが、すっかり何もかもを信じ込んでいたからである。

今の一連の出来事は、全て私の「計画」通りなのだ。あらかじめ懐中時計の鎖《くさり》を外しておき、アルジーが気づくように落とす。アルジーが、時計を着服するような人間ではないことは分かっている（着服するような人間だったならば、金で動かせるということなので、それはそれで別な対処が可能だったのだが）。アルジーが拾ってくれるので、礼として金を渡すことができる。アルジーは生真面目《きまじめ》な人間なので、全く何もない状態で彼が職務上知りえた情報を聞き出そうとしても、断ったかもしれない。だが時計を拾ってくれた礼としてであっても、金を受け取っていれば、心情的に「それぐらいならばいいだろう」と考えるようになるはずだ。彼の場合、「教えてくれれば金をやる」では駄目なのだ。時計が発端となる何気《なにげ》ないやりとりでありながら、丹念に練り上げた台本に則《のっと》った出来事だったのである。

もちろんその台本とは、私を陥れた人間が誰であるかを暴《あば》き出すためのものだ。

そして、私の計画は予定通りに完遂《かんすい》され、情報を引き出すことができた。だが、ホワイトロー教授が私の探している人物であるか、まだ確証はない。今度は、それを確認しなければならない。

とはいえ、こちらは、それほど複雑に考える必要はないだろう。

ただ、これ以上は今のように近場で即刻、というわけにはいかない。少しばかり、足を延ばさねばなるまい。

鉄道と馬車を乗り継ぎ、私はハインドキープ大学へとやって来た。目指すは、トレメインの研究室である。

トレメインは、陽気な男だ。外見こそ大きな身体に髭面《ひげづら》だが、人当たりが良い。陽気すぎて時に私は辟易《へきえき》するほどだ。

そんな陽気なトレメインだが、案内も乞《こ》わずにいきなり入って来た私を見て、眉をひそめた。

「場所をお間違えじゃありませんか。危険な薬品も置いてあるので、勝手に入って来られては困るのですがね」

「私だ。モリアーティだ」

私が名乗ると、トレメインは目を丸くした。

「教授？　モリアーティ教授ですか！　一体全体、どうされたんですか、その格好は。全く判りませんでしたよ」

彼の言《げん》もむべなるかなである。私は、聖職者に変装してここまでやってきたのだ。

「……そもそも、今日は教授がいらっしゃる予定ではありませんでしたし」

「急な用件ができたのだ。変装したのは、今日は私がここに来ていることを誰にも知られたくなかったからだ。お前に判らなかったのならば、大丈夫そうだな」

「絶対に大丈夫ですよ、保証します。それにしても、知られたくない急な用件って、一体何事ですか」

「ちょっとややこしいことになってな。まず訊いておきたいのだが、この大学と、私の大学とで染料の研究開発競争をしているという話は知っているか」

「ああ、そりゃ知ってますとも。と言うか、あなたは知らなかったんですか、モリアーティ教授？」

「うむ。そういうことは、先に言っておいてくれ」

「だって、まさかあなたがご存じでないとは思いませんでしたから」

「とにかく、それに巻き込まれて面倒な立場に置かれているのだ。トレメイン、お前自身はその開発に携《たずさ》わっているのか？」

「いえ、わたくしは直接には」

「では、誰がやっている」

「カーンズ博士と、その助手たちですな」

「そこをよく訪ねて来る、うちの大学の人間はいないか？　いや、さすがにそこを堂々と訪ねては来ないだろうな。ここの大学外の人間で、カーンズ博士のもとへ頻繁《ひんぱん》にやって来る者を知らないか」

「そうですねえ」トレメインは腕組みをして考え込んだ。「……ああそうだ、医薬品を納入に来る業者だったら、しょっちゅう出入りしてますな」

「何という人物だ」

「ワイラー、で間違いないと思います」

「会ったことはあるか？　どんな奴だ」

「直接話をしたことはありませんが、見かけたことはありますよ」

　トレメインは、そのワイラーなる人物の外見を描写した。私はそれに該当する人物に心当たりがあった。……ワイラーなどという名前ではなかったが。

「……ふむ。口髭《くちひげ》があるのか。名前を変えているだけでなく、一応は変装しているようだな」私は頭をゆらゆらと振った。

「それ、怖《こわ》いですよ、教授」

「何がだ」

「その、頭の振り方ですよ。何だか、蛇とかの爬虫類《はちゅうるい》が、獲物《えもの》を狙ってる時みたいだ」

「そうか。生憎と、これは無意識でな。考え事をしていると、出てしまう癖《くせ》なのだ」

「まあ、モリアーティ教授みたいな蛇に睨まれたら、もう諦めるしかないですからな」

「よし。……では、折角《せっかく》ここまで来たのだから、いつもの用件も済ましていこう。いきなりになってしまったが、今日、見せてもらえる物はあるか？」

「ちょうど、いい品がありますよ」トレメインがにやりと笑みを浮かべた。「さあ、これをご覧下さい」

トレメインは、足元に置いてあった物を、重そうに持ち上げた。作業デスクの上に置かれたのは、焼き物の花瓶《かびん》だった。

私はそちらへと歩み寄り、手で触れながらとっくりと眺めた。鶏卵《けいらん》の尖《とが》った方を下にして、上端と下端を切り、平らな底を付けたような形状で、大きさは両手で抱《かか》えられるぐらいだ。濃い青と薄い青が、混ざり合っている。滑《なめ》らかで、手触《てざわ》りもいい。実に見事な数学的な曲面を描いている。

「ふむ、これはいい色合い、いい感触だな」

「そうでしょう」トレメインは我が意を得たりとばかりに言った。

「全く」私は陶器を撫《な》でながら溜息をついた。「私がここを訪れている目的はこれであって、染料の開発競争など全く興味はないのに」

それから一週間が経《た》った。学長からは、まだ処罰の内容について何も言ってきていなかった。

その日、学内の空気は朝から何やらざわついていた。はっきりと、日常と違う部分もあった。学内の通路を歩いていて、警察官の姿が目に入ったのだ。

自分の研究室へ入る前に、オールコックと遭遇《そうぐう》した。一週間前、学長の使いで私の研究室へやって来た事務職員である。彼は、私の顔を見るなり口を開いた。

「聞きましたか、モリアーティ教授」

まるで友人にでも話しかけるような馴れ馴れしさだった。先日とは大違いである。だが叱責《しっせき》せずに、相手をすることにした。

「何かあったのかな。どうも、騒がしいようだが」

「騒がしいのも当たり前ですよ」オールコックは畳み掛けるように言った。「化学のバウケット教授が、亡くなったんです。染料開発の、重要人物だったというのに」

「何だって。昨日会ったけれど、元気そうな様子だったが。心臓の発作か何かだろうか」

「それがですね」オールコックが声をひそめた。「どうやら死因は……病気じゃなくて、自殺らしいんですよ」

「何と。もしや、それで警察がいるのか」

「そうなんです。漏《も》れ聞いたところでは拳銃自殺だとのことでしてね。警察が、現場検証中です」

「それはそれは……何か、悩み事でもあったのだろうか」

「まだ、詳《くわ》しいことは判っていないみたいです。開発の相棒カールスン教授はひどくショックを受けてますよ」

「何か小耳《こみみ》に挟《はさ》んだら、是非《ぜひ》また教えてくれたまえ」

「はい、わかりました。教授の方でも、誰かから何か聞いたら、僕にも教えて下さいよ」

私は苦笑《にがわら》いをして答えた。「ああ、いいとも」

オールコックと別れ、自分の研究室でデスクにつくと、すぐに今度は少年給仕のアルジャーがやって来た。

「モリアーティ教授、先日はどうも。本日は、学長の使いで参りました。申し訳ありませんが、学長室へお越し頂けますか」

「わかった。すぐに行こう。ご苦労だった」

「恐れ入ります」

　私を迎えた学長の態度は、一週間前とは異《こと》なっていた。先日のような勢いはなくなっており、何か困惑しているような様子である。

「学長、お呼びだそうで。私の処分が、決まりましたか」

「それどころではなくなった。バウケット教授が死んだのだ」

「先ほど、オールコックから聞きました。自殺だとか」

「ああ。それもよりにもよって拳銃自殺なぞするものだから、警察までやって来て大変な騒ぎだ。ずっと対応に追われて、朝からてんてこ舞いだった。しかも、私の責任問題にまで発展しかねない状況なのだ。全くもって頭が痛い」

「それはご苦労様なことです。ですが、私を呼ばれた用件は？　……まさか、バウケット教授が、私を告発した〝情報提供者〟だったとか？」

「いや、そうではない。だが彼が……情報提供者が、今朝になって君に対する告発を保留すると言ってきたのだ。だから、君の処分の話も、当面棚《たな》上げとなる」そう言う学長の口調は、どこか歯切れが悪かった。

「そうですか。わかりました」

私はそれだけしか言わなかったが、学長は、私がもっと何か言うと思っていたのだろう。何か、拍子《ひようし》抜けしたような表情を顔に浮かべていた。そんな彼を置いて、私は学長室を辞去した。

その際に、少年給仕のアルジーに頼み事をした。先日のこともあり、少年は快《こころよ》く引き受けてくれた。

後刻、アルジーが私の研究室にやって来た。彼を招《しよう》じ入れ、私は言った。

「どうだったかな、アルジー」

「ばっちりですよ、モリアーティ教授。ご依頼通り、諸々《もろもろ》の情報を仕入れてきました」

「では、頼む」

「はい。バウケット教授は、昨晩、自分の部屋で亡くなってます。警察は自殺との結論を出しました」

「そこの、詳細は判るか」

「もちろんです。バウケット教授は拳銃で頭を撃《う》ち抜いて死んでいました。発見された時には、拳銃を手にして倒れていたそうです。拳銃は、一発だけ発射されていたとのことです。バウケット教授は共同住宅の三階に住んでおり、しかも部屋の入口には内側から鍵が掛かっていて、室内に他には誰もいなかったので、警察は早々に自殺と判断しています。窓が少しだけ開いていましたが、人が出入りしたような形跡はありませんでしたし、そもそも三階ですから。亡くなる直前には、誰か訪問者があったそうです。訪問者が帰ってすぐに自殺しているので、その人物と話をした結果、衝動的に……ということではないかと考えられています。警察では、念のために話を聞くべく、その訪問者を探しています。……そんなところです」

「うむ、十分だ、礼を言う。そら、駄賃だ」

私は今回も、ソヴリン金貨を彼に与えた。アルジーはそれを受け取ると「また何かありましたら、遠慮なくお申しつけ下さい」と言って、去っていった。

ひとりになった私は、しばらく考え事をしていた。

その日の午後、私は汽車でロンドンへ向かった。駅から出ると、あちこちから呼び売り商人の声が聞こえてくる。私は辻馬車をつかまえ、御者《ぎょしゃ》に目的地を告げた。

「ペル・メル街の〈アングロ・インディアン・クラブ〉へやってくれ」

辻馬車が走り出した。大学街の匂いと、この大都市の匂いとの違いを痛感する。この街は、悪臭に満ちている。空気そのものが、澱《よど》んでいるのだ。

指示通りに、辻馬車は〈アングロ・インディアン・クラブ〉の前で停まった。料金を払って降りた私は、クラブの中へと入る。

背筋のぴんと伸びた老執事がすぐに現われたが、私が誰であるかを認めると、挨拶《あいさつ》を寄《よ》越《こ》して「大佐ですか」と言った。私がうなずくと執事は「ではこちらへどうぞ」と先に立って奥へ進む。私はその後についていった。

この〈アングロ・インディアン・クラブ〉は、主にインド陸軍に所属する、もしくは所属していた軍人がメンバーとなっているクラブだ。私はメンバーではないが、何回も訪れているので、執事に顔を覚えられているのだ。

私が横を通り過ぎると、椅子に座って煙草《たばこ》を吸っている男たちがこちらを振り向いた。ここは、カード賭博《とばく》を主たる目的としている。今はプレイしていない人間も、対戦相手を求めているのだ。獲物を物色するような目でこちらを見てくるのも、当然だろう。

執事に案内された先は、クラブの食堂だった。テーブルの前に座っていた男が、こちらへ顔を上げた。

「……ジムか」

私は顔をしかめた。「その呼び方は止《や》めてくれと、あれほど言っただろう」

「仕方あるまい。名前も苗字《みょうじ》も同じなのだから、どこかで区別をしなければならん。恨《うら》むなら、親を恨め」

私は溜息をついた。「ならば肩書き付きで『ジェイムズ・モリアーティ教授』と呼べばよかろう、ジェイムズ・モリアーティ大佐。もう子供の時分ではないのだから」

「長年の習慣というものは、そうそう簡単には抜けぬものだよ、ジム……教授」

私はもう一度、大きく溜息をついた。彼はわざとやっているのだ。

ジェイムズ・モリアーティ大佐は、私の兄だ。軍人らしく私よりもがっしりとしている。鼻の下には、立派な口髭もたくわえている。だがそういった差異を別にすれば、とてもよく似ている――らしい。我々が兄弟だと知った人間からは、よく「そっくりだ」と言われる。だが、当人たちにはその自覚はない。なまじ名前が同じせいで、無意識に違うところを探すようにしてきたのだろう。

大佐の前のテーブルには、食器が並んでいた。

「……食事の邪魔をしたかな」と私は言った。

「いや、今終わったところだ。一緒にコーヒーをどうだ」

「頂こう」

私は彼の向かいの席に腰を下ろした。モリアーティ大佐が合図をすると、すぐに我々のところへコーヒーが運ばれてきた。ここまで列車と馬車に揺られてきた後なので、動いていない椅子に座って熱いコーヒーを飲めるのは、実にありがたかった。

私がコーヒーをすったところで、モリアーティ大佐が言った。

「それで、どうだった？」

「ああ」私はカップをソーサーに戻しながら言った。「予定通り、うまくいった。大佐のおかげだ、助かったよ。その礼を言いに来たのだ」

「『大佐のおかげ』……どの大佐のことかな？」

私は苦笑いした。

「モリアーティ大佐のおかげだ、と言いたかったのだ。もちろん、もう一人の大佐にも、大層役に立ってもらったがな」

「それはそうだろう。私が、彼を紹介したのだからな」

——一週間前のことだ。ハインドキープ大学の研究室にトレメインを訪ねた私は、その足でロンドンへ移動し、今日のように〈アングロ・インディアン・クラブ〉へやって来たのである。

私を迎えたジェイムズ・モリアーティ大佐は、煙草を吸いながら言った。

「突然訪ねて来るとは珍しいな、教授。どういう風の吹き回しだ」

「頼みがあってな」と私は言った。「相談に乗って欲しいのだ、大佐」

「ふむ、それはますます珍しい」と大佐は言いながら、片方の眉を上げた。「だが、一個中隊を用意してくれ、などという頼みには応《こた》えられぬぞ」

「一個中隊も要《い》らない。一人で十分だ」

「ほう。どんな一人だ」

「射撃の名手だ。道路を挟んだ反対側の建物から、窓の中の標的を一発で撃ちぬけるような腕前の人物を、探して欲しいのだ」

「……それはまた、随分《ずいぶん》と難しい依頼だな。だが難しい分だけ答えの選択肢《し》は少なくなる。その条件だと、心当たりは本当に一人しかいない——セバスチャン・モラン大佐だな」

「そいつは、どんな男だ」

「連隊で最高、いや、インド陸軍で最高の射撃の腕の持ち主だ。元ベンガル第一工兵隊所属。一八四〇年ロンドン生まれ。元駐ペルシャ公使でバース勲爵士《くんしやくし》のサー・オーガスタス・モランの息子だ。イートン校及びオックスフォード大学出身。ジョワキ戦役《せんえき》、アフガン戦役に参加。チャラシアブの戦いでは特別殊勲《しゆくん》者報告書に名を連《つら》ねたほか、シェルプールの戦い、カブールの戦いでも勲功《くんこう》をあげた。猛獣狩りでも名を知られ、中でも虎狩りのハンターとしては並ぶ者もないほどだ。彼の殺した虎の数は、他の誰も及ばないとのことだ。……そして、人のことも容赦《ようしゃ》なく殺す」

「それは私の求める人材として、正《まさ》にうってつけだ。よし、紹介してくれ」

だが、どうしたことか、大佐が口ごもっている。

「何だ。その男にどこか問題でも」

「勇猛なのはいいが、少々、残虐に過ぎるところがあってな。特に、敵を追い始めると目標以外は目に入らなくなるきらいがある。奴を使いこなすのは、骨が折れるぞ」

「いや、そういう人間をこそ、求めているのだ。それぐらいの方が、私の目的の手足として使うにはちょうどいい」

「わかった。そういうつもりならばよかろう」

大佐は立ち上がった。「ついて来い」

彼はクラブの玄関の方へと進んだが、最後に玄関ホールから外へ出ずに廊下を横に曲がった。

「どこへ行く」と私は問うた。

「モラン大佐はこのクラブのメンバーだ。幸い、今ちょうど来ている。だから、これからすぐに引き合わせてやる」

モリアーティ大佐の行き先は、面会室だった。確かにここなら、他人に聞かれずに話をできる。大佐は執事を呼び、モラン大佐を連れてくるように命じた。

数分後、一人の男がやって来た。背筋が真っ直ぐで軍人然とした精悍《せいかん》な中年男だった。頰《ほお》は痩《や》せこけて浅黒く、アフガニスタン帰りであることが見て取れた。青い目は鋭く、残忍そうな色が明らかだった。全身に力が満ちあふれている印象だったが、それは単なる力ではなく、どちらかというと暴力的な雰囲気が感じられた。

男は私を一瞥《いちべつ》すると、モリアーティ大佐に向かって言った。

「いま重要な局面だったのだがな、モリアーティ大佐。せっかくの流れを断ち切られてしまったのだぞ、どうしてくれる」

モリアーティ大佐はそれには答えず、「モラン大佐。こちらは私の弟、ジェイムズ・モリアーティ教授だ。君に紹介したくてね。教授、こちらがセバスチャン・モラン大佐だ」

モラン大佐は、私へと鋭い視線を向けた。ほとんど睨みつけているような目だ。

その間に、モリアーティ大佐は立ち上がった。「内密の話があるらしいから、後は二人でじっくりと話してくれ。では、私は失礼する」

モリアーティ大佐は面会室を去り、彼が座っていた椅子へとモラン大佐はどっかりと腰を下ろした。

「あんた、モリアーティ大佐の弟なのか。……兄弟揃《そろ》って同じ名前とは、変わっているな」

私にはもう一人、鉄道の駅長をしている兄弟がいるのだが、その名前については言及しないでおくことにした。

「今日は君に頼みがあってここに来たのだ、大佐。君は狩りが何よりも好きだと聞いた。君に獲物を提供するから、そいつを狩ってくれないだろうか」

モラン大佐の目が、奇妙な色を帯びた。

「獲物とは、何のことだ。鹿とかウサギとかだったら、別にちょっと田舎《いなか》へ行けば撃てる。あんたに用意してもらう必要はない」

「まあ待て。私が提供するというのは、特別な獲物だ。四本足で歩いたり、もしくは翼で空を飛ぶ獲物ではなく――二本足で歩く獲物だ」

モラン大佐は鼻を鳴らした。「賭《か》けカードの獲物ということか。それだったら、このクラブで見つかる。やはり、あんたの世話にならねばならない理由はない」

「まだ理解していないようだな。はっきりと言わないと、分からんようだ。私が言っているのは、文字通りの『人間狩り』の獲物ということだ。君がアフガニスタンにいた時と同じように、この英国において人間を撃てるのだ。……どうだ、理解できたかな?」

「馬鹿な。異国の未開の地でならばともかく、国内でそんなことができるものか」

「それができるのだよ。私の言う通りにすればな。とにかく、話を聞いてみろ」

「モリアーティ大佐の紹介だ。何はともあれ、話だけは聞いてやろう」

私は固い頭でも理解できるように、丁寧《ていねい》に説明してやった。

最初は馬鹿にしているような態度のモラン大佐だったが、私の話が進むにつれ、段々と真剣な表情に変わってきた。彼が椅子を蹴《け》って席を立つようなこともなく、私は最後まで説明を終えた。

「……といった次第だ。私の立てる計画と、君の射撃の腕前。その両方が揃って、初めて可能となる狩りなのだ」

「確かに、その台本通りに進めれば、この英国で人間狩りをすることができるな。……あんた、もしかすると凄《すご》い天才だな」

「もしかしなくても天才だ。そんじょそこらの凡人教授どもと一緒にされては困る。さあどうだ、やってみるか」

「もちろんだ」モラン大佐は大きくうなずいた。

「俺はハンターだ。ハンティングの機会は、絶対に逃さない。ましてや、これほど魅力的なハンティングとあっては、こちらから頼んででも参加させて頂く。――それに、俺はあんたほど頭は良くないが、決して馬鹿じゃない。馬鹿は、優秀なハンターにはなれないからな。俺が万が一ここで断ったら、きっと今度は俺がハンティングの獲物になる番だろう。これだけ、話を聞いてしまったのだからな。俺が断った場合、あんたは絶対に俺を消すだろう」

「さすがは優秀なハンターだな。己《おのれ》の危険には、実に敏感だ。それから最後になってしまったが、金銭的な礼はちゃんとする。勿論《もちろん》、相当な額だ」

モラン大佐の表情から、彼が結論を出したことが判った。彼が最初にこの面会室に入ってきた際、少しいらついている様子だったから、賭けで負けているのが見て取れた。財政的に余裕がないことも、着ている服が少し古びていることから明白だった。ハンティングの機会と、金銭的な報酬との両方をちらつかせられては、彼は絶対に断れないだろう。

その結論は、間違っていなかった。モラン大佐は右手を差し出してきた。

「よろしく頼むぜ、モリアーティ教授」

私は彼の手を握った。ごつごつとした、力強い手だった。

「こちらこそよろしく頼むよ、モラン大佐」

こうして、私とモラン大佐との関係は始まったのである。

その翌日。私は再びハインドキープ大学を訪問していた。今回の変装は、古書籍商である。もうトレメインも慣れており、縛《しば》った古本を片手にぶら下げた私がいきなり研究室に入っても、すぐに「ようこそ、教授」と挨拶を寄越した。

私は古本を床に下ろすと、言った。「完成したか」

「はい。どうぞ、これをご覧下さい」

トレメインは、作業台の焼き物の花瓶を持ち上げ、私に手渡した。昨日はぴかぴかだったものが、全体に汚れて古びている。口のところには、細かいひびも入っている。私はそれを慎重に扱い、ためつすがめつしていた。

「ふむ、素晴らしい。これなら、誰が見ても本物の明朝《みんちよう》の花瓶だ。無傷の品だと怪しまれるが、ひびが入っていることによって真物《しんぶつ》らしさが増している。見ようによっては、全体の醸し出す骨董《こつとう》としての美しさに趣《おもむき》を加えているしな。これなら客も大喜び間違いなしだ」

「ありがとうございます」トレメインは一礼した。「わたくしとしても、これだけの品を提供できて、光栄至極《しごく》です」

「しかし、本物だったら恐ろしく高額な品だ。よって、今回は取引も高額となる。当然、売買の際には調べられることになるが、大丈夫なのか」

「大丈夫ですとも」と、トレメインは即答した。「この花瓶、半分は本物ですから。落下してばらばらに割れてしまった明朝の花瓶の破片を材料に、つなぎ合わせた上で足りない部分は似た材質で埋めて、意図的にひびを加えました。全く無傷の品だと、疑われますからな」

「うまく考えたものだな。さすがは専門家だけのことはある。では、こちらの住所に送ってくれ」

私は花瓶を作業台に置き、住所と画廊の名前の入ったカードを取り出してトレメインに渡した。

――トレメインは陶磁器の専門家である。シナの古い時代のものについて熟知しており、それを再現することもできる。ざっくばらんに言えば、贋作《がんさく》制作である。私が彼の元に通っていたのは、これが目的だった。

トレメインの役目は、贋作陶磁器を作ることだけ。自ら売りさばく必要はない。完成品を私に託せば、それで金が受け取れる。

〝託す〟と言っても、私が実際にそれを販売するわけではないし、受け取るわけですらない。販売は私の息のかかった画廊が行うべき仕事だし、トレメインにはその送り先を教えてやるだけだ。

私は金の入った封筒をトレメインに渡した。彼はそれを受け取るが、中身を確認するでもなく引き出しに仕舞《しま》った。トレメインは贋作を製造する〝犯罪者〟ではあるが、贋作という名の作品を制作する〝芸術家〟でもあるのだ。

用件を済ませてトレメインの研究室を後にしたが、私にはまだハインドキープ大学ですべきことがあった。調べ物である。

それから五日後の夜。私はバウケット教授の部屋を訪ねた。バウケットは我々の大学街にある共同住宅に住んでいた。彼の部屋は建物の三階にあり、階段を上るのがなかなか大儀《たいぎ》だった。石の階段は、長年の昇降で中央が磨《す》り減《へ》っていた。

私はこれまでバウケットと特段親しいわけではなかったが、同じ大学の人間として話をしたことぐらいはあった。だが彼の住居にまで訪れるのは、これが初めてだった。

バウケット教授とは、じっくりと話し合いをした。話題は染料開発の情報漏洩問題についてで、最後まで話をした後、私は彼の部屋を辞去した。

私が扉を閉めると、すぐに内側から鍵を掛ける音がした。二度と入ってくるなとばかりに。

バウケットの希望は、かなえられるだろう。私はもう、ここには二度と用はない。

私が歩き出すと――ぱしん、という音が聞こえた。続いて、どさっと人の倒れる音が。

これらを確認した私は、ゆっくりと歩き続けた。

そして日が変わって、今日という日を迎えたわけである。

〈アングロ・インディアン・クラブ〉の食堂で、モリアーティ大佐は言った。

「バウケット教授は自殺したということになっているようだな。さすがはお前だ」

「モラン大佐の腕前は、期待通りだったよ。期待以上だったと言ってもいい」

「しかし、ただ撃っただけでは自殺ということにはならんだろう。どうやったのだ？」

「本当は秘密なのだが、身内、しかも恩ある紹介者に対してはそうもいくまい。絶対に他言無用だぞ」

「うむ、言うまでもない」

　バウケット教授は、訪れた私を招きいれはしたが、明らかに顔がこわばっていた。四十代後半、中肉中背で髪は白い。顔が四角く、いかつい印象があった。

「どういうご用件でしょうかな、モリアーティ教授」

「用件は判っているはずだがな、バウケット教授」

「いえ、さっぱり判りませんが」

「とぼけても無駄だ。お前はうまくやったつもりだろうが、私には全てお見通しだ。今ここに私がいることが、その証拠だ。付け髭を付けて変装し、医薬品業者のワイラーと偽名を使って、ハインドキープ大学の化学研究室へ出入りしていたことは、判っているのだぞ」

　私の言葉に、バウケット教授の両目に苦悶《くもん》の色が浮かんだ。

「お前はハインドキープ大学に情報を流していた。おかげでハインドキープ大学は競争にリードしたが、その原因が我が校からの情報漏洩によるものであることが明らかになり、うちの学長の耳にまで入ってしまった。そこで学長は、ホワイトロー教授に調査を命じた。それを知ったお前は進退窮《きわ》まったが、たまたま私がハインドキープ大学に出入りしていることを知った。最初はぎょっとしただろうが、私の方はお前に気づいていないと知ってほっとした。これ幸いとばかりに、私に罪をなすりつける形でホワイトロー教授に情報を与えた。ホワイトロー教授は犯人を見つけたと思って、学長に報告した。……おかげで、大いに迷惑を被《こうむ》ったぞ」

「仕方なかったんだ……ばれるわけにはいかなかった……」

「そうだろうな。お前の身辺も洗わせてもらった。お前は金に困っていたようだな。いま進めている染料の研究も、大学の一員として行っているものであり、成功した暁《あかつき》には名誉こそ得られるものの、直接の収入には繋《つな》がるまい。それにカールスン教授という共同研究者がいるから、名誉すら半分だ。いや、下手《へた》をすると今や研究を主導しているのは若いカールスン教授なのではないか？　だから、情報をハインドキープ大学関係者に高値で売った方がいいと考えた。そうだろう」

バウケット教授の全身が、熱病にかかっているかのごとくに震え始めた。

「さ、最初はわたしから持ちかけたわけではないのだ。借金取りがわたしの研究内容と開発競争のことに気づいて、金を返せないなら情報で返せと……」

「馬鹿な奴だ。よりにもよってこの私を陥れようとするとはな。この代償は高くつくぞ」

「待ってくれ、あんたに対する告発は取り下げる。それでいいだろう、な？」

「手遅れだ。私を選んだ時点で、お前の命運は尽きたのだ」

「だが、わたしがやったという確たる証拠はないはずだ。どれも、状況証拠だ」

「私が警察の人間や裁判官だったら、その点を気にするだろう。だが、私はそうではない。状況証拠だけで全く構わない。だから、これからお前を断罪する」

「そんな馬鹿な。……それに代償と言っても、今のわたしに金はないんだ」

「お前の金などいらぬ。もらうのは、お前の命だ」

私はポケットに手を入れると、薬包《やくほう》を取り出して、バウケット教授へと差し出した。

「これに致死量の毒が入っている。飲め」

「冗談は止めてくれ」

「冗談などではない。お前のやったことのおかげで、私はハインドキープに通いにくくなった。私の仕事の邪魔をしたのだ。これは絶対に許されることではない。さあ死ね」私は一歩進んで、薬包をナイフのように突き出す。

「わたしは死ぬつもりはない。そんなものは飲まない」と言いながら、バウケットはあとじさる。

「そうか。ならば、こんなものはいらんな」

私はマントルピースに手をかけると、薬包を暖炉の中へと投げ込んだ。それはたちまち燃え上がったが、黒い煙が上がって部屋の中にまで充満した。バウケット教授は咳《せ》き込み、窓を開けた。

冷たい空気が流れ込み、煙で悪くなっていた視界が、元に戻る。

改めて私を見たバウケット教授は、凍りついた。なぜならば、私が拳銃を手にして、彼へぴたりと銃口を向けていたからだ。バウケットは最初は驚愕《きようがく》の表情を見せ、次に恐怖に震え始めた。

「わ、わたしを撃つつもりか。……頼む、助けてくれ。悪かったと思っている。謝るから。あんたに対する告発を取り下げるだけでなく、情報を売ったのは私だと学長に自白する。それならいいだろう?」

全く詰まらぬ人物である。こんな奴にしてやられたとは、実に腹立たしい。一瞬、そのまま撃ち殺してしまいたい衝動にかられたが、堪《こら》えた。

私はしばらく彼に銃口を向け続け、たっぷりと恐怖を味わわせてやった。もうよかろう、という頃合《ころあい》に、拳銃を横手の窓際へ放り投げた。重い音を立てて床に落ちる。その音で、バウケット教授はびくりとする。

奴は銃に関しては無知だから、撃鉄が上がっていなかったことなど分かっていなかった。あの時私が引き金を引こうとしても、弾丸は発射されなかったのだ。当然、投げても暴発しない。

私はゆっくりと言った。「卑劣なお前に勇気があるなら、自ら命を絶つがいい。さあ、拳銃を取れ」

　バウケット教授は、小刻みに首を左右に振った。

「嫌だ。死にたくなんかない」

「ふん。腰抜けめが」私は侮蔑《ぶべつ》の色を全く隠さず、吐き捨てるように言った。「私が手を下す価値もない」

　私が平手で音を立てて強く壁を叩《たた》くと、バウケットはまたびくりとする。まるで狼の遠吠《とおぼ》えに怯《おび》える羊だ。

　頃合を見て、私は玄関へと向かった。ドアの前で、振り返る。

「だが覚悟しておけ、バウケット」と、私は低い声で言った。「次にこのドアから入って来る時、今度こそ私が容赦なく引き金を引くだろう、ということを」

　私は部屋を出ると、思い切りドアを閉じた。

　すぐにバウケットがドアの鍵を掛ける音が聞こえてきた。あれだけ脅《おど》せば、当然だろう。

　私は足を止め、耳を澄ました。

　バウケット教授が、玄関から奥へ戻る足音が聞こえる。ここから先、私は直接目にしてはいないが、何が起こったか、手に取るように分かっている。

　バウケットは玄関から窓際へ向かい、拳銃を拾い上げるはずだ。彼にとって拳銃は恐怖の象徴でしかない。だから、床に落ちたままにしておくことはできず、どこかに片付けるに決まっている。

彼が屈《かが》み込んで拳銃を拾い、身を起こした——はずの瞬間。

ぱしん、という音が聞こえ、どさりと何かが倒れる音が続いた。

倒れたのは、もちろんバウケットの身体だ。ぱしん、という音は、銃声だ。バウケットの頭を、銃弾が撃ち抜いた際のものである。

だが、引き金を引いたのはバウケットではないし、銃弾を発射したのも彼が手にしていた拳銃ではない。

建物の外から、僅《わず》かに開いた窓の隙間《すきま》を通って、飛び込んできた弾丸だ。但し地上からではない。それでは角度的に難しい。バウケットの部屋は、三階にあるのだから。

道路を挟んで真正面にある建物の、三階の一室で銃は発射されたのだ。

もうお分かりだろう。引き金を引いたのは、セバスチャン・モラン大佐だ。

バウケットが毒薬を拒否することは分かっていた。だから、あの薬包には最初から熱で濃い煙を発生させる薬物を入れてあったのだ。煙で窓を開けさせ、脅してドアの鍵を掛けさせ、窓際で拳銃を拾い上げさせた。全て私の誘導だ。その拾い上げる瞬間に、開いた窓から奴の頭を撃ちぬくようにモラン大佐に指示してあったのである。

警察ごときには、この真相を見抜くことは絶対にできないであろう。何があったか推理できるのは、私と同等以上の頭脳の持ち主だ。そんな人間など、この世にはほんの僅かしかいないだろう。この英国になら、一人、二人いるかどうか。

バウケットの部屋のマントルピースの上からは、遺書が見つかる。染料開発に関する情報をハインドキープ大学に流したのは自分であり、モリアーティ教授を告発したのは自分から疑いをそらすためである、という内容だ。その責任を取って、自殺するものである、とも書かれている。

――この遺書は、バウケットの筆跡に似せて、私が偽造したものだ。薬包を暖炉に投げ込むためにマントルピースに手をかけた際に、こっそりとそこに置いたのだ。偽造したものではあるが、バウケットが情報漏洩の犯人であるのは事実だ。だからこの内容を読んだ人間は、この遺書〝全体〟が事実なのだと思い込むことだろう。つまり、バウケットは自殺したのだと。

もっとも、偽装ではあるが、彼は実際に自殺したようなものだ。このモリアーティ教授を陥れようとした、という行動自体が、自殺行為そのものなのだから。

「……なるほど。実に用意周到だな」モリアーティ大佐が言った。葉巻の灰を、灰皿に落とす。

「モラン大佐がいなければ成立しなかった。紹介してもらって助かったよ」

「それで？　落とし前はつけてもらったとして、これからどうするつもりだ」

「考えているところだ。今まで通りにあの大学で教授を続けることもできるだろうが、学長との間に信頼関係が失われてしまったからな。いや、もともとそんなものはなかったことが判明したと言うべきか」

「ならば、提案があるのだがな」

「ほう。聞かせてもらおう」


翌朝。大学街は静寂を取り戻していた。

結局、バウケット教授の死が自殺によるものであることを、誰も疑おうとはしなかった。新聞にも報道はされていたが「大学教授の突然の自殺という悲劇」なる大枠から外れるものではなかった。

学長からの使いとして、また事務職員のオールコックが私の研究室へやって来た。手の空《あ》いている時に学長室へ来て欲しい、という伝言だった。今すぐ来い、という一週間前の呼び出しに比《くら》べると、随分と謙虚《けんきょ》だった。

学長室へ行ってみると、学長本人の態度も全く違っていた。入り口に私が姿を見せるや、立ち上がって私を迎え入れたのである。

「やあ、わざわざ来てもらって済まない、モリアーティ教授」

「お呼びですか、学長」

学長は咳払いをひとつすると、言った。

「君への処分がなくなった、という話はしただろう。実はその後、君に対する疑い自体が、濡《ぬ》れ衣《ぎぬ》だったことが判ってね。死者に鞭《むち》打つような真似はしたくないのだが、死んだバウケット教授、彼が本当の犯人だったのだ。それを告白する遺書が残されていたと、警察から連絡をもらったのだよ。というわけで、君にはお詫《わ》びをしなければならない。どうか、許して欲しい」

私は彼を観察した。真摯《しんし》な態度であるようだ。

「……謝罪は受け入れよう。だが、こぼれたミルクは元に戻らない、というたとえもある。あれだけ犯罪者扱いされて、そのままここで働き続けることはできない。私は職を辞し、大学を去らせて頂く」

「そ、そうなのか、それは残念だ」

そう言いながら学長が安堵《あんど》の表情を浮かべたのに、私は気づいた。

「退職金は、規定の十倍頂こう」

「えっ」学長が、驚愕に目を見開いた。「……いや、そんなことは無理だよ、教授」

「できなければ、マシューズ夫人のことが明るみに出るだけだが」

私がそう言うと、学長の顔はみるみるうちに驚愕の表情から恐怖の表情へと変わっていった。

「君は……一体……何を言って……」

「何を言っているか分からないというのか。ではハッきりと言ってやろう。学長、あんたは妻子持ちにもかかわらず、不倫をしている。相手も、人妻のマシューズ夫人だ。これが表に出れば、大スキャンダルだ。あんたはまず確実に、職を追われるだろう。末路は、ロンドンの貧民街で宿なし暮らし、というところか。……どうだ、そうなりたいか？」

学長は、髪の毛をむしるように引っ張り始めた。苦悩の極《きわ》みにあるのだろう。

「だが、規定があるからそれは難しくて……」

「他の予算があるだろう。それを流用するのは、あんたならできるはずだ。さもなければ、あんた個人の金でもいいんだ」

この男はもう、私の意のままに動くしかない。大学の予算を流用したら流用したで、今度はそれが強請《ゆす》りの種《たね》になる。取り返しはつかない。もがけばもがくほど蜘蛛《くも》の巣に絡《から》めとられて身動きが取れなくなっていく、虫けらの末路と同じだ。

「一週間の猶予《ゆうよ》をやる。それまでに用意しろ。さもなくば、破滅が待っているだけだ。……バウケット教授と同じ末路を辿《たど》りたいのか？」

学長はこの短時間ですっかり消耗《しょうもう》しきって、もはや反論することもできない様子だった。

一週間は、あっという間に経過した。

私は、箱型馬車に乗り込んだ。続いて、モラン大佐が乗り込んできて、言った。

「教授の荷物は、全て荷馬車の方に積み込ませた。そちらは、先に出発させてある」

私は座席の背にもたれて言った。「ご苦労だった」

ステッキの握りで、箱型馬車の天井を叩いて合図をする。すぐに、鞭の音とともに馬車は動き出した。

しばらく私も大佐も口を開かぬままで、馬車の車輪の音ばかりが響いた。

「そういえば」とモラン大佐が沈黙を破った。「荷造りをしていたら、子羊を抱いた少女の絵があったが、あれは本物なのか、それとも贋作なのか」

「あの絵は、飾るためのものだ。自分のところに贋作を飾ってどうする」

「そいつは失礼した。……で、教授はこの大学を去って、どうするつもりなんだ？」

私は大佐の顔をまじまじと見つめた。彼は、真剣な表情だった。私は少し考えた末に答えた。

「別な大学へ移って研究を続けることも、可能ではある。多くの大学が、喜んで私を迎え入れてくれることだろう。だが私は、学問の園へ戻るつもりはない。もともと、私は数学の研究をする一方、個人的な資金稼《かせ》ぎのために贋作美術品を売るという犯罪を行ってきた。だが、モリアーティ大佐に助言をもらって、私は心を決めた――私は〝諮問《コンサルティング》犯罪者〟になろうと思う」

「コンサルティン……それは一体何だ？」

「今回、私が計画を立て、お前が射撃を実行しただろう。基本的にはあれと同じことだ。誰かの依頼を受けて犯罪計画を立案し、それを実行できる者を手配する。ロンドンに犯罪者の網を張り巡らし、その中央に私という蜘蛛が鎮座するという寸法だ。依頼人からは、高額の報酬を受け取る。その代わり、どんなに困難な状況であっても、一旦引き受けたからには必ず犯罪を遂行《すいこう》する。……前代未聞《ぜんだいみもん》だろう」

モラン大佐が、目を光らせた。

「つまり、あんたについていけば、狩りの獲物と報酬には事欠かないというわけだな。……頼む、これからも俺を射撃手として使ってくれ。腕前は、もうあんたもご存じの通りだ。組織としても、俺がいた方が睨みが利《き》くぜ。裏切ったりしたら、俺がどこまでも追いかけて撃ち殺すということは、誰にでも分かるからな。どうだ？」

私は無論、この男を組織に引き込むつもりでいた。だが私から頼んで一員となるのではなく、彼の側から志願するようにさせたかったのだ。その方が、今後の上下関係がはっきりとするからだ。

逆に、モラン大佐が組織に入ろうとしなかったら、別な誰かを雇《やと》ってこの男を葬《ほうむ》り去るつもりでいた。彼は、本人の与《あずか》り知らないところで、命のかかった重大な決断を迫られていたのだ。

「よかろう」と私は言った。「セバスチャン・モラン大佐。君は、ジェイムズ・モリアーティ教授の部下第一号だ。しっかり仕事をしてもらうから、覚悟しておけ」

モラン大佐はにやりと凄みのある笑みを浮かべた。

「その仕事ってのは、要するに人間を的《まと》にした『狩り』だろう。望むところだ。俺を部下にして良かったと、絶対に思うぜ」

「私の部下となるからには、もっと知識を身につけて頂こう。幸い、ここに大学を辞《や》めたばかりの教授がいるから、彼に個人教師を務めてもらうことにしよう。この教授は、厳《きび》しいぞ」

「おいおい、勘弁してくれ。勉強が嫌いだから、軍人になったんだぞ」

箱型馬車ががらがらと走り、大学街が背後に遠ざかっていく。だが、私はこれで数学から離れるわけではない。犯罪という名の数学に、計画という名の数式を用いて従事するのだ。そして、ロンドンの闇の世界という名の宇宙を支配する。

――実に上等ではないか。

第二話

蒼《あお》ざめた双子《ふたご》の少女

メアリ・ワトスン夫人

帰って来てすぐに、ジョンが言った。

「急な話ですまんが、明後日、デヴォンシャーのビディフォードまで出かけることになった」

「あら、随分《ずいぶん》と遠くですこと」とわたしは答えた。「エクセターより先じゃありませんか。それは泊まりになりますわね。いつまでですの、あなた」

「それが、判《わか》らないのだ。もしかしたら一週間や二週間はかかるかもしれないので、そのつもりでいてくれ」

「まあ。今回もシャーロック・ホームズさんにご一緒するのですよね」

「そうなんだ。ビディフォードで発生した殺人事件なんだが、依頼人の話を聞いた限りでは、これがまた謎めいていてね。屋敷の当主の死体が一族の墓所で見つかったのだけれど、百年前にも似たような出来事が起こっているんだよ。地元民の間では『呪《のろ》いだ』と噂《うわさ》になっている。百年前には悲劇が連続したので、今回も連続するのでは、と関係者が戦々恐々《せんせんきょうきょう》としていてね。シャーロック・ホームズが依頼され、わたしと共に現地へ向かうことになった、という次第《しだい》だ。……しばらく留守にすることになるが、連絡は入れるから」

「わかっておりますわ、あなた」わたしはにっこりと笑った。「代診は、いつもの方？」

「ああ、もう帰りがけにアンストラザー医師に頼んできた」

「それでしたら、万が一患者さんが来てしまった場合は、アンストラザーさんのところへ行くよう伝えますから。住所は控えてあります」

「色々とすまんなあ」

「気になさらないで下さい。こうなることは、結婚した時から分かってましたから。さあ、荷物も詰めないといけないのでしょ。お手伝いしますわ。わたしは服を出しておきますから。軍用拳銃も持っていくのですよね。手入れはしてありますの？」

「いや、まだだ」

「じゃあ、あなたはそちらを。服の方は任《まか》せて。海が近いから、潮風が強いかもしれませんわね。少し暖かい服を入れておきます」

「ありがとう、頼むよ。申し訳ない」

　申し訳ない、と言いながらも、ジョンはどこか楽しそうな雰囲気を醸《かも》していた。シャーロック・ホームズさんと冒険に出かけるのが、大好きなのだ。ちょっとだけ――ほんのちょっとだけ――ホームズさんに嫉妬《しっと》したくなった。

翌々日、夫とシャーロック・ホームズさんは、予定通りビディフォードへ遠征することになった。出発駅がうちから近いパディントン駅だったので、今回は見送りにいくことにした。

既《すで》に汽車が発車の準備に入っており、プラットフォームは乗り込む人々と見送る人々、荷物を運ぶ赤帽とでごった返している。

シャーロック・ホームズさんは地方旅行用のインヴァネス・コートにディアストーカーといういでたちだ。

笑《え》みを浮かべつつ、わたしはジョンに歩《あゆ》み寄る。

「行ってらっしゃい、ジョン。気をつけて」

「ああ、行ってくるよ、メアリ」そう言って、ジョンはわたしにキスをした。

「あ、あなた、忘れないうちに言っておきます。恥ずかしいから事件記録には、妻が駅まで見送りに来た、なんて書かないで下さいね」

「もちろんだとも。わたしだって恥ずかしい」

わたしはホームズさんに向き直り、言った。

「シャーロック・ホームズさん、夫をよろしくお願いします」

「わかりました、ワトスン夫人」ホームズさんが微笑《ほほえ》む。「しばらくご主人をお借りしますよ」

二人がコンパートメントに乗り込み、駅員が扉を閉じる。汽笛《きてき》と共に、汽車がゆっくりと動き出す。

わたしは汽車が見えなくなるまで手を振っていた。

帰宅し、紅茶を淹《い》れて一息つく。早くも寂しい気持ちになりかけている。いつもだったら、夫が出かけてすぐにそんな気分になることはないのに。

頭を切り替えようと、紅茶を飲みながら、ジョンが書いた最新の原稿――シャーロック・ホームズさんが解決した事件の記録――を読むことにした。誰よりも早くこれを読むことができるのは、ジョン・H・ワトスンの妻であるがゆえの役得と言える。その代わり、何かミスがないかチェックもしてあげている。ジョンは、いつもホームズさんとの冒険から帰るとすぐに口頭で話してはくれるけれども、文章で読むのはまた別な楽しみなのだ。

物語が佳境《かきょう》に入って盛り上がりを見せ、夢中になって読んでいたところで、玄関の呼《よ》び鈴《りん》が鳴った。間が悪いわね、と溜息《ためいき》をつき、カップと原稿を置く。

取次ぎに出たメイドが戻ってきたので、患者かと訊《き》くと違うという。

「立派なご婦人で、お名前をセシル・フォレスター夫人とおっしゃるそうです」

「まあ、なんですって」わたしは立ち上がった。「今すぐこちらへお通ししてちょうだい」

「はい、承知しました」メイドが再び玄関へ向かう。

彼女の案内で入ってきたのは、とても懐《なつ》かしいセシル・フォレスター夫人だった。わたしよりも十歳は年上のはずだけれども、容色はちっとも衰《おとろ》えていない。彼女は笑みを浮かべて歩み寄ると、わたしの手を取った。

「久しぶりに会えて嬉《うれ》しいわ、メアリ。その後どう、結婚生活は？」

「ええ、おかげさまで幸せに暮らしています」

「良かった。うちで家庭教師をしてくれていた頃から、あなたのことは歳《とし》の離れた妹のように思っていたの。良い方のところに嫁《とつ》いだのなら、本当に嬉しいわ」

「そう言っていただけると、わたしもとても嬉しいです」わたしは夫人の手を握り返した。「とにかく、こちらへ。お座り下さいな」

わたしとセシル・フォレスター夫人は、手を握り合ったままソファに並んで座った。互いの近況を語り合い、しばし旧交を温めた後、わたしは言った。

「こちらにお越しいただいたのは、初めてですよね。今日はどうしてまた、突然いらして下さったのでしょうか。……何かございましたか」

セシル・フォレスター夫人は、笑みを浮かべつつも溜息をつき、それから言った。

「あなたは昔から、人の気持ちを酌《く》み取るのが得意だったけれど、相変わらずね。なかなか切り出せなくて困ってたから、助かったわ。……ええそうなの、あなたに相談に乗って欲《ほ》しいことがあって、今日は伺《うかが》ったのよ。そんな時だけで、ごめんなさいね」

「いいえ、とんでもありません。わたくしのことを思い出して下さって、光栄ですわ。わたくしなんかでよろしければ、お話をお聞かせ下さい」

「ありがとう」そう言って、セシル・フォレスター夫人はわたしの手を握る手に、きゅっと力を込めた。「私の妹の、家庭の話なの。あなたは妹のこと、知っていたかしら」

わたしは少し考えてから答えた。「奥様のお宅に勤めていた頃、何回か訪ねていらしたと記憶しておりますので、お会いしているはずです」

「妹の家庭の事情については、詳《くわ》しく知っているかしら」

「いいえ、そこまでは伺いませんでした」

「ちょっと説明しづらかったから。妹のヒルデガードはいま、サセックス州クロウリーのタイビリアス屋敷というところに住んでいるの。アレック・マグナンティ氏と結婚生活を送っているんだけど……実は両者とも、再婚同士なのよ。しかも、どちらも子連れだったの。ヒルデガードにはグウェンドリンとリリアンという双子の小さい娘がいて、マグナンティ氏には娘のベティーナと、その五つ下の息子のロデリックがいたの。そんな具合にお互いわけありではあったけど、みんな幸せそうに暮らしていたわ。ところが昨年、ベティーナが急に原因不明の重い病気で亡くなってしまったのよ。まだ十七歳だったわ。そのために家の中がすっかり暗い雰囲気になってしまったけれども、少しずつ回復してきた。最近ようやく以前のような明るさが戻ってきたところだったのに、ヒルデガードによると、また問題が発生したんですって。双子のグウェンドリンとリリアンは朗《ほが》らかな性格で、今では十歳になったんだけど、ここのところ明らかに様子がおかしいのよ。ひどくやつれて、どんどん蒼《あお》ざめていって。両親は病気かと考えて医者に見せたものの、特に何かの病魔に襲われているというわけではないみたい。でも、以前はピンク色で健康的だった顔色が、まるで肺病かというぐらいに悪くなってるの。何かあったのかとヒルデガードが双子に訊いても『別に』『なんでもないわ』と答えるだけですって。でもその後、食事のときに食べる量が二人揃《そろ》って減り始めて。ヒルデガードが『さすがにどうにかしないと』とわたしに訴えてきたのよ。そしてわたしは、あなたなら相談に乗ってくれる、と考えた次第なの」

ジョンには「君のところへは、まるで鳥が灯台へ集まるように、悲嘆にくれた人々がやってくるねえ」とよく言われる。自分からそうしているつもりはないけれども、そういう人たちがよくやってくるのは確か。学生時代から親しいケイト・ホイットニーなどは「あなたにはね、他の人には打ち明けにくいようなことでも話していいように感じる、そんな雰囲気があるのよ。秘密は絶対に守ってくれるしね」と言っていた。

確かに、「これは秘密にしてね」と言ったのに、誰かに喋《しゃべ》ってしまう人はよくいる。でもわたしは、絶対に喋らない。だって自分だったら、その人にだけのつもりで喋ったのに他人に喋られたりしたら嫌だから。自分が嫌なことは、人にしたくない。特に、友人たちには。

セシル・フォレスター夫人には、かつてとても親身にしてもらった。

わたしと同じような立場の女性が、体面を保ちつつ働くことのできる仕事といえば、家庭教師ぐらいしかなかった。それ以外の職につくと、労働者階級に「落ちぶれた」と見做《みな》されてしまう。

しかも、わたしは職業紹介所に足繁く通ったけれども、なかなか勤め先が見つからなかった。実は、女家庭教師というものは不美人の方が雇《やと》われ易《やす》い。要するに「雇い入れる家庭の男性と、何かあったら困る」ということ。

そのため――自分では言いにくいけれども――わたしはなかなか雇ってもらえなかったのだ。面接すると、わたしの容姿を見た雇い主に「あなたでは駄目」と言われてしまうことが多かった。それ以前に職業紹介所で、なかなか面会までこぎつけることができなかった。

これ以上勤め先が見つからなければ路頭《ろとう》に迷いかねない、というところを雇い上げて下さったのが、セシル・フォレスター夫人だった。彼女は、ご主人との愛情に絶対的な自信があったのだろう。わたしと面接して「あなたはとても頭がいい上に可愛《かわい》らしいわ。是《ぜ》非《ひ》、うちに来てちょうだい」と言ってくれたのだ。

同家で住み込みで働くようになったわけだけれど、子どもはいい子だし、雇い主一家も使用人も家庭教師にきちんと接してくれたし、非常にいい環境だった。

後に「四人の署名」事件へと発展する、わたしの所在を知りたがっている広告が新聞に載《の》った際も、わたしはセシル・フォレスター夫人に相談した。夫人は親切にも、連絡先としてセシル・フォレスター家の住所を書くことを許してくれたのだった。いえ、「うちの住所をお使いなさい」と、彼女の方から積極的に勧《すす》めてくれたのだ。それが巡り巡って、数年後にシャーロック・ホームズさんのところを訪ねることとなり、結果的にジョンと出会うことになったのだから、その意味でも夫人には感謝しなければならない。

さて、今回の事件だけれど。ジョンだったら「蒼ざめた双子の少女の事件」と命名しているところだ。

セシル・フォレスター夫人が、わたしのところへ訪ねて来た理由も分かった。わたしの判断によって、医学的なことだったら医者である夫に、事件性のあることだったら探偵であるシャーロック・ホームズさんにまで相談することができるからだ。

だが困った。相談しようにも、夫もシャーロック・ホームズさんもロンドンを離れており、しかも「しばらく戻れないかもしれない」と言っていた。

その旨《むね》をセシル・フォレスター夫人に伝えると、彼女も「あら、そうだったの？」と、残念そうな表情を隠そうとしなかった。

今から思えば、ケイト・ホイットニーが相談してきた時は、ジョンがいてくれて本当に良かった。彼がアヘン窟《くつ》へケイトの夫を捜して乗り込んでくれたのだけれど、そんなことはケイトにもわたしにも無理だった。

でも、大恩あるセシル・フォレスター夫人の頼みだ。なんとか、応《こた》えてあげたい。しかしホームズさんと夫のいない今、誰に頼めばいいだろう。犯罪だとはっきり判っていればレストレード警部はじめスコットランド・ヤードの方々に話を持ち込めるけれど、そういうわけではない。ホームズさんのお兄さん、マイクロフト・ホームズ氏は足を使って動き回るのが苦手だそうだから、とても相談できない。

ここでわたしは、ふと思いついた。探偵や警察が介入すると話が大事《おおごと》になるけれども、屋敷に入り込んでもごく当たり前な立場の人間がいることを。

「奥様。……あの、どうでしょう、わたしがタイビリアス屋敷へ行って、調べて来るというのは」

セシル・フォレスター夫人は目を丸くした。

「ええっ、あなたが？　それはありがたいけれど、いくらワトスン博士の奥さんだとはいえ、普通の主婦が探偵です、と言うのはいくらなんでも……」

「探偵として行くんじゃないんです。家庭教師として、お屋敷に雇っていただくんです。家庭教師なら、子どもたちとじっくり話をすることもできますから、双子から事情を聞き出すことが出来るかもしれません」

「まあ」セシル・フォレスター夫人は、ぱっと顔を明るくした。「もしかしたら、それならなんとかなるかもしれないわね。……あ、でも、家庭教師はもういるのよ。もうひとり雇うというのは、どうも不自然じゃないかしら」

「ですからその方には、一時的に休みを取っていただくんです。実家の母親が病気なために面倒を見なければいけなくなった、とかなんとか、名目を立ててもらって。その間も同じお給料を払ってあげれば、嫌とはおっしゃらないでしょう。それで、臨時の家庭教師として、わたしが雇われるんです」

「……それはすごくいい考えだわ。あなたはもともと、家庭教師ですしね。それも優秀な家庭教師だったことを、わたしは知っています」

「まあ、ありがとうございます。夫がいませんから、わたしがしばらく留守にしても、家庭の方でも問題が発生しませんし。マグナンティ家の方はどうかしら。妹さん……マグナンティ夫人は、この相談の件はご主人にも話してらっしゃるのでしょうか」

「いえ、それが話してないのよ。マグナンティ氏は、悪い人ではないんだけれど、体面を気にする人でね。双子の様子がおかしい原因が精神的な病《やまい》だったりする場合、それは極力他人に知られたくないから——となるべく内々で解決しようとしてるみたいなの。だから、私に相談したことすら、ヒルデガードは夫に話していないの」

「でしたら、表向きの体裁《ていさい》を整える必要がありますね。現在の家庭教師との折衝《せっしょう》はヒルデガードさんにやっていただくとして、わたしが家庭教師として雇われるには、紹介状が必要になります」

「それは私の方で用意するわ。実際、かつてあなたを雇っていたことがあるわけだし」

「その意味でも、名前は『メアリ・モースタン』にしておいて下さい。万が一、ワトスンの名前で気が付かれたりするといけません。最近、シャーロック・ホームズさんだけでなく、ジョン——ワトスンの名前まで世間に知れわたってきてしまいましたから」

「こんなたいへんなことを、お願いしていいものかしら」

「他の方の頼みだったら、ここまでしてないと思いますわ。あくまで、奥様の頼みですから」

「ありがとう。そう言ってくれると、本当に嬉しいわ」

　セシル・フォレスター夫人は、改めてわたしの手を強く握った。

かくして、わたしはマグナンティ家に家庭教師として〝就職〟することになった。その前に、ヒルデガード・マグナンティ夫人と〝面会〟するという名目で、打ち合わせを行った。打ち合わせ場所には、以前お世話になった職業紹介所に協力してもらい、そこを使わせてもらった。セシル・フォレスター夫人と相談した上で、ここでも極力体裁を整えておこう、ということになったのだ。

「あなたがメアリね」とマグナンティ夫人は言った。「姉から、噂はよく聞いているわ。手間をかけてごめんなさい。夫の手前、面接をしたという形を取っておかなくてはならなくて」

「わかっておりますわ。家庭教師を雇う際の諸々《もろもろ》は、よく存じておりますので」

「ありがとう。……それにしてもあなた、本当に美人ね。こういう事情の家でなかったら、家庭教師としては断られているところじゃなくて」

わたしは微笑み、言った。「いいえ、美人だなんて、そんな。奥様のお美しさに比《くら》べれば、わたしなぞ月並みです」

これはお世辞《せじ》でもなんでもなかった。彼女は、まるで舞台の花形女優かというぐらいの美人だった。目鼻立ちが整っており、本当に舞台に上がっても映《は》えたことだろう。未亡人となってすぐに次の嫁ぎ先にとあちこちから乞《こ》われたらしいが、さもありなんだった。こんな美しい人だったら、未亡人だろうが子どもがいようが、妻に迎えたいという男性はいくらでもいるだろう。

セシル・フォレスター夫人の場合はご主人とおしどり夫婦だったから不細工な家庭教師ではなくわたしを雇ってくれたけれど、ヒルデガード・マグナンティ夫人の場合は、自分の美貌《びぼう》に絶対の自信があるから、もともと家庭教師の容貌を気にする必要が全くないのだ。これなら、わたしも気兼ねをしないですむから気が楽だ。

「セシル・フォレスター夫人から、概《おおむ》ねのお話は伺っております。できる限りのことはしてみますので、どうかお任せ下さい」

「どうか、お願いします。双子はわたしが産んだ子だからと、えこひいきしているつもりはありませんが、まだ幼いので、どうしても心配になってしまうんですよ」

わたしたちは、いつからわたしが家庭教師として働き始めるかなど、詳細に打ち合わせを行った。

約束の日、約束の時間の汽車に乗って、わたしはロンドンのヴィクトリア駅を発《た》った。クロウリー駅で降り、駅舎を出ると、一台の馬車が停まっていた。御者《ぎょしゃ》がわたしを見て、駆け寄ってくる。

「メアリ・モースタンさんで？」

「はい、そうです」

「タイビリアス屋敷の御者で、オーガストと申します。ヒルデガード奥様からの使いの者です。あなたをお迎えに参りました」

「聞いておりますわ。ありがとう、お願いします」

わたしが乗り込むと、馬車は鞭《むち》の音とともにすぐに走り出した。景色は間もなく、農地の広がる田園風景となった。農夫たちが、何やら作業をしている。のどかな眺《なが》めではあるけれども、都会の生活に慣れた身には、少し寂しげにも思えた。

やがて、馬車はタイビリアス屋敷の広い敷地へと入った。果たしてここで、何が起こっているのだろうか。わたしにそれを、明らかにできるのだろうか。ジョンが帰ってくる前に戻らなければならないから、時間制限もある。

――とにかく、できる限りのことをするしかない。


屋敷の前で待ち受けていた執事によって、ヒルデガード・マグナンティ夫人のもとへ案内された。

「よく来てくれたわね、メアリ」

夫人が、主人のアレック・マグナンティ氏に引き合わせてくれる。背が高く、口髭《くちひげ》を生《は》やし、優しそうな目をした方だった。ジョンとホームズさんを足して二で割ったような感じ、とでも言えばよいだろうか。

「君がミス・メアリ・モースタンだね。急な話を引き受けてくれて、助かったよ。子どもたちをよろしく頼む」

「こちらこそ、よろしくお願いいたします」

マグナンティ氏と更《さら》に話をしていると、執事が来客を告げた。

「ブラウンズバーグ夫人がお越しです」

「こんな時に」マグナンティ氏が溜息をついた。「困ったものだ」

「お客様ですか？　はずしましょうか」とわたしは言った。

「ブラウンズバーグ夫人をあまり待たせて、またへそを曲げられるのも得策ではないし。……サマンサ、来てくれ」

まだ若いメイドが現われた。マグナンティ氏は彼女に「ミス・モースタンを勉強部屋へご案内し、そこへ子どもたちを連れて来てくれ」と命じ、続いてわたしに言った。「今日はまだ勉強を始めなくて結構ですが、顔合わせだけはしておいて下さい」

居間を出て廊下を歩きながら、わたしはサマンサに追いついて並ぶと、言った。

「臨時雇いだけれど、よろしくね、サマンサ」

サマンサは、笑みを浮かべてうなずいた。

「はい、ミス・メアリ・モースタン。こちらこそよろしくお願いいたします」

家庭教師が、お屋敷で良好な人間関係を築くのは実に難しい。主人一家に雇われる身でありながら、メイドや執事などの使用人とは根本的に異《こと》なる。両者のどちらとも違う、微妙な立場にあるのだ。それでも住み込みで働くわけなので、きちんと人間関係の構築をしておかないと、孤立してしまうことになる。

取り敢《あ》えずサマンサは、丁寧《ていねい》に接してくれている。こちらが「あなたたち使用人とは違うのよ」といわんばかりな高飛車《たかびしゃ》な態度でも取らない限り、仲良くなれそうだ。

廊下を歩いていると、一人の婦人を案内している執事と行き合った。この婦人が、ブラウンズバーグ夫人に違いない。背が高くて、棒のように細い。わたしは軽く目礼《もくれい》をしながらすれ違ったけれども、向こうはこちらをじろりと眺めただけだった。

十分に離れたところで、わたしは小声でサマンサに尋《たず》ねた。

「ねえ、サマンサ。ブラウンズバーグ夫人ってどういう方?」

「隣のジャーマニカス屋敷にお住まいの、ブラウンズバーグ氏の奥様です」と、サマンサは即答してくれた。

「あら、そんな屋敷があるのね。知らなかったわ」

「こちらのマグナンティ家と、あちらのブラウンズバーグ家とは、実は少々揉《も》めておりましてね。そもそも大昔は、この一帯はコールウィル一族が支配していたんですよ。この辺《あた》りには、広大なコールウィル家の敷地が広がっていたんです。ですがその後コールウィル家は没落し、土地は売りに出されました。このタイビリアス屋敷も、あちらのジャーマニカス屋敷も、もともとはコールウィル家のひとつの敷地だったんですよ。どちらの建物もコールウィル一族の時代に建てられたもので、敵が攻めてきた時には密《ひそ》かに移動できるよう、どこかに秘密の通路がある、なんてことも言われています。しかも『土地のどこかにコールウィル家の財宝が隠されている』などという噂まであるんです。敷地の端《はし》の辺りに塔が立っているのは、お気づきになりましたか？　あれはうちの屋敷の一部ということになっているのですが、ちょうど両家の土地の境界線上に位置しておりまして。そのためブラウンズバーグ家の当主が最近、所有権を主張しているのです」

サマンサが、面白いぐらいに饒舌《じょうぜつ》になった。もともとお喋り好きなのだろう。これは好都合だ。

それにしても何やら急に、ジョンの書くシャーロック・ホームズさんの事件記録の、背景みたいな様相を呈してきた。思わぬ展開に困惑しつつも、わたしはわくわくしていた。ホームズさんやジョンは、こういう気分を味わっているのね――と、少しだけ分かった気がした。

「まあ。じゃあブラウンズバーグ夫人がいらしたのも、その件かしら」

「いいえ、それはまた別だと思います。両家は、何かというと反目《はんもく》し合っていまして。先日は、うちのご主人様がオークションで『海上の稲妻』って絵画を落札なさったんです。その絵を、ブラウンズバーグ夫人も狙《ねら》っていたらしくて。落札者が決まるタイミングに不正があったからあの落札結果は無効だ、本来ならブラウンズバーグ夫人が落とすはずだった……って、難癖《なんくせ》を付けてきているんです」

「両家で取り合うなんて、よほど素晴《すば》らしい作品なんでしょうね。見てみたいわ」

「居間に飾ってありますわ。でも、わたしにはそんな争奪戦を繰り広げるほどの絵には見えませんでした。ブラウンズバーグ夫人は、落札したのがうちのご主人様だったのが気に食わないだけなんだと思います」

「なるほどね」

勉強部屋で、いよいよ顔合わせだ。わたしは三人の子どもたち全員に勉強を教えることになっていた。まずは兄のロデリック、十三歳。明るく元気な少年で、物怖《ものお》じすることなく、最初から打ち解《と》けてくれた。

「メアリ、これまではロンドンで勤めていたんだって？　ねえ、最近のロンドンの話をしてよ。どんなことが流行《はや》ってるとか、話題になってるとか、知りたいんだ」

……そんな具合だったが、後でマグナンティ夫人から聞いた話によると、実の姉のベティーナが亡くなった時は、ずいぶんと落ち込んでいたそうだ。ようやく最近、以前の陽気さを取り戻したということだった。

そして、肝心《かんじん》の双子だ。グウェンドリンとリリアンは瓜《うり》二つで、二人とも可愛らしかった。まるで絵本に描かれる主人公の少女そのままだった——顔色が悪いことを除けば。人見知りで、わたしに挨拶《あいさつ》こそしたけれども、なかなか喋らない。じっとこちらを見つめており、わたしは品定めされているような気分だった。喋らないおかげで、ますます見分けがつきにくかった。

赤いリボンを着けた子がグウェンドリン、白いリボンを着けた子がリリアン、と自己紹介してくれた。但《ただ》し当然ながらリボンは付け替えることができるわけで、当てにはならない。わたしはよくよく観察し、グウェンドリンの左の耳たぶには小さなほくろがあるけれども、リリアンには左右とも耳にほくろがないことを確認した。これで、いざという時にも見分けることができる。

わたしはふと、マントルピースに写真が飾ってあるのに目を留《と》めた。中央に今よりも小さい双子、右にロデリック、そして左にもうひとり、少し歳上の少女。グウェンドリンとリリアンがわたしの視線に気付いた様子だったので、訊いてみた。

「左はベティーナ？」

双子は、小さくうなずいた。

ベティーナはにこやかな笑みを浮かべて、こちらを見ていた。

翌日、勉強を教え始めることになった。ロデリックの方は、全く問題なかった。最低限、いえ、最低限以上に知識があることも判った。本来の家庭教師から、きちんと習っているのだろう。わたしの質問に対する答え方から推《お》し量《はか》るに、頭の回転も速いようだった。いずれ家庭教師から教われることは全て吸収してしまい、寄宿学校に入ることになるだろう。

さて、双子である。反応が少ないので、学力の見極《きわ》めも非常に難しい。本を渡して「音読して下さい」と言っても、ぼそぼそと聞き取りにくい声を発するばかり。単に声が小さいだけで読めているのか、読めないためにごまかしているのか。

それでも根気よく続けて、わたし自身の言葉で歴史上の面白いエピソードを語って聞かせたりしているうちに、少しずつわたしの授業に興味を持ってくれたようだった。

同時に、二人のことを観察する。わたしは医者でも看護婦でもないけれど、夫の医院へやって来る患者をよく見ている。双子たちに熱のある様子はないし、咳《せき》もしていない。顔色こそ悪いが、つらそうにしている気配はない。やはり、病気ではなさそうだ。ただ、ずいぶんとうつむいているな、と思ったら、こくっと舟をこいだことが一、二回あった。

また一方で、気付いたことがある。何か物音がするようなことがあると、二人が同時にびくりとするのだ。屋敷のどこかからばたんと扉が閉まる音が響いてきた時などは、互いに手を伸ばして、ぎゅっと握り合っていた。

——もしかして、彼女たちは何かに怯《おび》えているのだろうか。

　数日を経《へ》て、ようやく双子が打ち解けてきた。勉強の合間に休憩をすると、グウェンドリンがおずおずと「ミス・モースタン。ロンドン動物園に行ったことはある？」と訊いてきたのだ。

「ええ、ありますよ」

　これは本当だった。ロンドン動物園はリージェンツ・パークにある。だから、ベイカー街からすぐ近くだったので、婚約時代にはジョンとよく出かけたのだ。

「じゃあ、ゾウを見たことある？」と今度はリリアンが尋ねた。

「もちろん、見ましたとも」

「あたしは絵本でしか見たことがないけど、ほんとうにあんなに大きいの？」グウェンドリンが目を輝かせる。

「ほんとうにあんなに鼻が長いの、ミス・モースタン？」リリアンが身を乗り出す。

「はい、ゾウは本当に大きくて、鼻が長いんですよ。それから、わたしのことは『メアリ』と呼んで下さいな、ミス・グウェンドリン・マグナンティ、ミス・リリアン・マグナンティ」

「……わかったわ」グウェンドリンはうなずいた。「じゃああたしのことも、そんな堅苦しくなく『グウェンドリン』と呼んで。親しくなったら『グウェン』と」

「あたしはリリアンと呼んで。親しくなったら『リリー』と」

「まあ」わたしは微笑んだ。「じゃあ、『グウェンとリリー』と呼ばせてもらえるよう、がんばるわ。あと、お願いがあるの。ここの屋敷についてはわたしはよく知らないから、色々と教えてちょうだいね。あなたたちが先生よ」

「わかったわ」と、双子は声を合わせ、笑みを見せた。

　その翌日。勉強を教えた後、ロデリック少年が「屋敷の庭園を案内したい」というので、お願いすることにした。ついでに樹木の種類について質問すれば、植物学の勉強にもなるだろう、と思って。

　歩いていると、ロデリックが言った。

「ほら、あれを見て下さい」

　彼の指し示す先には、背の高い植栽《しょくさい》の壁があった。

「あれ、迷路なんですよ。素敵でしょう」

　ロデリックは、庭園の中でもこれが自慢なようだった。

「まあ、優雅ねえ」とわたしは答えた。

　その時のことだった。迷路の入り口から、ひとりの見知らぬ少女が飛び出してきたのだ。ちょうどロデリックと同じぐらいの年頃だろうか。彼女はわたしたちに気が付くと、はっと足を止めた。くるりと踵《きびす》を返すと、また迷路の中へと消えてしまった。

あっという間の出来事で、わたしは一瞬、幻想を見たのかと思った。でも、横を見てロデリックが驚いた表情を浮かべているのを知り、彼も少女を見たのだと判った。

「今の子、見ましたか」とわたしは問うた。

「はい」ロデリックがゆっくりとうなずいた。

「あなたはあの女の子が誰か、知ってるの」

「……はい」ロデリックは少し間を置いてからまたうなずいた。「彼女は、ミス・フェリシア・ブラウンズバーグです」

「ブラウンズバーグってことは……隣の屋敷のお嬢さん？」

「そうです」

「ロデリック、あなたはあの子……フェリシアと仲がいいの？」

「いえ」ロデリックは首を左右に振った。「面識がある程度です。両親から、ブラウンズバーグ家の人とはあまり親しくしてはいけない、と言われていますから。それにベティーナと同じ頃に社交界デビューしたこともあって、二人はライヴァルと目《もく》されていました」

「そう」

わたしは今の出来事を、マグナンティ夫人に報告すべきか否《いな》かを悩んだ。双子の件と関係あるかどうか判らない。取り敢えず、わたしの胸に収めておこう。

また、この散歩でひとつ気付いたことがあった。ロデリックが時々黙り込むことがあったので、彼を見ると、そんな際には何か憂《うれ》いを帯びた表情を浮かべているのだ。明るいロデリックにも、何か悩みがあるのだろうか。それは双子の問題とつながっているのだろうか。

わたしが家庭教師としてタイビリアス屋敷へやって来て、一週間が経過した。双子たちもだいぶ懐《なつ》いてくれるようになり、グウェン、リリーと呼んでもいい、と言ってくれた。

そろそろいいだろう、とわたしは思った。授業が一段落したところで、思い切って質問する。

「ねえ、グウェン、リリー。最初に会った時から、気になっていたの。あなたたち、ずいぶんと顔色が悪いけれども、別に病気なわけじゃないのよね。何かの拍子《ひょうし》にびくっとしたりもしているけれど……何か悩みがあるんじゃない?」

双子は、黙っている。肯定はしないけれども、否定もしない。……実質的な肯定と考えてよかろう。

わたしは様子を見計らって、続けた。「勉強中に、居眠りしてたこともあるでしょう。あなたたち、ちゃんと眠れてないいんじゃないかしら」

ここで、二人は揃って小さくうなずいた。ようやく、この話題で反応を示してくれた。もう一押しだ。

「もしよかったら、わたしに話してみない。わたしでは解決できないことかもしれないけれど、話すだけでも、少しは楽になるものよ」

まだ、二人は黙っている。わたしは辛抱《しんぼう》強く、待ち続けた。やがてグウェンドリンとリリアンは互いに顔を見合わせ、うなずくと、遂《つい》に口を開いた。そして打ち合わせてあったかのように、同時に同じ言葉を発した。

「……幽霊を見たの」

わたしは眉をひそめたいところだったけれど、あえてにっこりとした。この年頃の女の子は、自分の言動に対して大人が少しでも疑惑を抱《いだ》いていると思ったら、たちまち口をつぐんでしまうものだから。

「ここの屋敷の中で？」

「ええ、そう」とグウェンドリン。

「いつ？」

二人は首をかしげた後、リリアンが答えた。

「はっきり覚えてないけど、数か月前から」

「『から』ということは、一回ではなく、何回も見ているのね」

「そうなの」とグウェンドリン。「一回だったら見間違えかもしれないけど、何度もなの」

とリリアン。

「どんなふうに見たのか、教えてくれる?」

二人はうなずき、グウェンドリンが、順を追って説明してくれた。

「最初の時は、こんなだったわ。お父様が風邪で臥《ふ》せってらしたから、おやすみの挨拶をしに、お父様の部屋まで二人で行ったの。お父様は、すごく喜んでらした。それから、あたしたち二人の寝室へ下がる途中のことだったわ。歩いていて、横にも廊下があるT字になっているところで、ふっと横を見たら、その廊下の突き当たりに、突然白い人影が現われたの」

「それが幽霊だったのね。でも、どうして生きてる人じゃなくて幽霊だって思ったの?」

「だってあれは……ベティーナだったんだもの」とリリアン。

ベティーナ。それは、双子たちの義理の姉で、既に亡くなっている。なるほど、彼女を見たというなら、確かに幽霊に違いない。

「どうしてベティーナって判ったのかしら」

「彼女がしていたような服装だったし、横顔も見えた。あれはベティーナだったわ」とグウェンドリン。

「それで、ベティーナの幽霊はその後どうしたの?」

「現われたときと同じに、ふっと消えちゃった。あたしたちは怖《こわ》くなって、寝室まで走って逃げたわ」とリリアン。

「あたしたちは、自分たちの見たのが夢でも幻でもないことを確認しようと思って、夜中に二人で寝室から出て、ベティーナの幽霊を目撃した場所へ行ったの。そしたら、待ちぼうけになる晩もあったけど、時々同じように幽霊を見ることができたわ。怖いから、近づきはしなかったけど」

「二回目以降は？」

双子は同じ感覚を持つというけれど、二人ともが目撃しているし、しかも繰り返している。これは錯覚や思い込みなどではなさそうだ。

わたしが少し考え込んでいると、二人は不思議そうな顔でこちらを見た。

「メアリ、『そんなバカな』って笑わないの？　あたしたちを信じてくれるの？」とグウェンドリン。

わたしははっとなって、顔を上げた。

「もちろんよ。あなたたちは良い子だから、嘘《うそ》なんかつかないと信じてます」

「良かった！」とリリアン。「あたしたちの言うことなんて誰も信じてくれなくて、嘘つきって言われると思ってたの」

「そんなこと、あるわけないじゃないですか」

わたしはそう言って二人を抱き寄せた。

「でも、どうして二人とも誰かに相談しなかったのかしら。お母様とか」

「だって。幽霊を見たなんて言ったら、頭がおかしいと思われて、病院に閉じ込められちゃうわ」とグウェン。「ねえメアリ、あなたはあたしたちを病院に入れたりしないわよね、ね？」とリリー。

わたしは苦笑《にがわら》いをした。どうやら二人は何かで仕入れた半端な知識に基づいて、口をつぐんでいたようだ。まあ英国のどこかでは、そんな出来事が実際にあったのかもしれないが。

「大丈夫よ。お父様やお母様にも、秘密にしておくわ。……でも二人とも、本当は幽霊なんて見たくないわよね？」

グウェンドリンとリリアンは、ぴったり同じようにうなずいた。

「ベティーナのことは好きだったけど、幽霊は……」

「わかりました。では、わたしが調べて差し上げます。幽霊が出る理由を解明して、出なくなるように対処してみます」

「そんなこと、メアリにできるの？」とグウェンドリンとリリアン。二人して、目を丸くする。

「ええ、お二人のためですからやってみますわ。わたし、インド帰りですから、インド秘術を知ってるんですのよ」

「すごい！」とグウェン。「メアリって何でも知ってるのね」とリリー。

わたしは笑みで答えた。……わたしは決して嘘はついていない。インド帰りなのは確かだし、インド秘術を知っているのも本当だ。「インド秘術を使える」とは、一言も言っていない。双子は誤解しているだろうが、わざと誤解させたままにしておいた。

わたしはその後、居間にひとりでいる時にメイドのサマンサが通りかかったので、声を掛けた。

「ねえ、サマンサ。ちょっと教えて欲しいことがあるの」

「はい、何でしょう」サマンサは足を止めた。

「あなたはここでのお勤めは長いの？」

「三年になります」

「あら、じゃあずいぶん若い時からなのね。とすると、亡くなったお嬢様、ベティーナのこともご存じ？」

サマンサは、妙な表情を浮かべて答えた。

「はい。ベティーナ様がご存命の頃から、こちらの屋敷におりましたから」

「どんな方だったの？」

彼女の表情が、固まった。

「どうしてそのようなことをお訊きになるのでしょう？」

わたしは少し考えてから、こう言った。

「あなたはこのお屋敷にお仕《つか》えしてるから、グウェンドリンとリリアンの様子がおかしいのには気付いているんじゃない？　もしかしたら、ベティーナが亡くなるという不幸が、その原因なのかしらと思って。子どもたちに勉強を教える都合上、色々と知っておきたいの」

「ああ、そういうことでしたら」サマンサはほっとした表情だった。「ベティーナ様はとてもお優しい方でした。わたくしにも、ずいぶんと親切にして下さいました。義理の妹のグウェンドリン様とリリアン様にも、血のつながったロデリック様に対するのと変わりのない態度で接しておられました。亡くなられた時は、わたくしも本当に残念に思いました。グウェンドリン様とリリアン様は、その時はもちろん悲嘆にくれてらっしゃいましたが、徐々に元気を取り戻しておられました。いま現在お二方の顔色が悪いのは、わたくしも気付いております。ですが、ベティーナ様の件とは別ではないかと」

「それではあなたは、どう思う？」

サマンサは難しい顔をして考えていたが、左右に首を振った。

「……よく分かりません。もしかしたら、寝不足なのかもしれませんが……」

「ありがとう。参考になったわ。引き留めてごめんなさいね」

立ち去るサマンサの後ろ姿を眺めて、わたしは考えた。こうやって話を聞けば、ある程度の状況は把握できる。しかし、手がかりにはなるけれども根本的な問題解決には至らない。

ここはやはり、張り込みをすべきだろう。ジョンやシャーロック・ホームズさんのように。


その晩のこと。深夜、屋敷の住人も使用人もすっかり寝静まった頃。わたしは部屋の扉を開け、左右を見回す。人気《ひとけ》はない。廊下に出て、音を立てないように扉を閉めると、静かに歩き出した。誰かに見られては困るので、明かりは持たない。

慎重に、周囲の気配を探《さぐ》りながら進む。ちょっとでも物音がしたら足を止めて息を潜《ひそ》める。だがいずれも、風で木々がざわめく音だったり、犬の遠吠《とおぼ》えだったり、屋敷の外から聞こえてくるものばかりだった。

まずはマグナンティ氏の部屋の前へ行き、頭の中で屋敷の構造を思い浮かべる。そこから双子たちの部屋へと向かった。

グウェンドリンとリリアンがベティーナの幽霊を目撃したという場所は、すぐに判った。右から来る廊下と交差し、T字になっているところだ。その交点から、右の廊下を恐る恐るのぞく。いきなり白い影が見えたら、どうしようと思いながら。……突き当たりまで、誰もいなかった。

わたしは角に身を隠す形で、幽霊の〝出現地点〟を見張った。風がごうっと吹いて窓をがたがたと鳴らすと、思わずびくりとしてしまう。

深夜の張り込みは、思っていたよりも怖かった。ジョンはそういう状況であまり怖がっていなかったみたいだけれど、それはやはり傍《かたわ》らに信頼できるシャーロック・ホームズさんがいたからだと思う。わたしのように女の身で、しかもひとりきりでとなると、どうしても恐怖と無縁ではいられない。

少なくとも一時間ぐらいは、そこにいただろうか。但し自分には、数時間にも感じられた。変化は、全くなかった。幽霊は、今晩は出ないようだ。残念な、それでいてほっとしたような気分だった。

部屋に戻る前に、幽霊が出没した場所を間近で見ておくことにした。右の廊下を、突き当たりまで進む。正面の壁には窓があり、外を望むことができた。でも、幽霊は窓から空へ飛び去ったわけでも、壁を通り抜けて消えたわけでもなかった。すぐ左を見ると……そこには階段があった。下りる階段と、上る階段と。

双子たちが見たであろう光景を、想像してみる。幽霊がいきなり現われたように見えたのは、この階段を上ってきたのか、下ってきたのかだったのだ。

更に、その場を観察して、気が付いたことがあった。――これは、確認が必要だ。

翌日、グウェンドリンとリリアンに勉強を教える時間。わたしは授業を始める前に、おおげさに周囲を見回して誰も聞いていないか確認してから、小声で言った。

「昨日の夜中、あなたたちが幽霊を見たという場所を見張ってみました」

二人は、全く同時に目を丸くした。

「どうだった？　幽霊は見た？」と、声を揃える。

わたしは首を左右に振った。「残念ながら、昨晩は出なかったわ。でも確かに、今にも幽霊が出そうな雰囲気でした」

「そうだったでしょ！　メアリもそう思うでしょ？」双子たちは勢い込んだ。

「はい。この後も、できる限りのことをやってみます。ですから、少し聞かせて欲しいことがあるんです。あの場所って、結構暗いことに気が付きました。どうして幽霊が見えたのかしら。〝ベティーナの幽霊〟って判ったってことは、服装や顔まで見えたのですよね」

双子は思い返すように一瞬間を置いてから、答えた。

「ゆらゆらとした光に包まれていたから」とグウェン。「それで見えたんだわ」とリリー。

わたしは考えた。ゆらゆらとした光というのは、ロウソクの光だったのではないだろうか。ロウソクを使う幽霊なんて、聞いたことがない。グウェンドリンとリリアンが見た幽霊の正体は――人間だ。

深夜の張り番、三日目。慣れてきたけれども、退屈には困った。やはりこういう作業は、ひとりではなく二人でやるべきなのだろう。

あくびをかみ殺した、その時。廊下の突き当たりに、ぼうっとした光が差した。はっとなって緊張した瞬間に、白い姿が、ふわりと浮かんだ。女性だ。グウェンドリンとリリアンの目撃した、ベティーナの幽霊に間違いない。確かに、光が揺らめいている。よく見れば、燭台《しょくだい》を手にしていた。わたしの推測が、正しかったのだ。

やがて幽霊は消えた。ロウソクの光も、弱まっていく。遠ざかっているのだ。光が完全に消えたところで、わたしは固まっていた身体《からだ》を叱咤《しった》し、廊下を進んだ。階段のところで耳をすましたが、上からも下からも音は聞こえない。慎重を期したのが、失敗だったかも。

しかしよく考えて、まだ失敗とは言えないことに思い至った。あの幽霊の正体が、実体のある人間ならば、どこかへ消えてしまったりしない。——戻って来るはずだ。

わたしは元の位置に戻り、待機した。今日は幽霊が出るのか出ないのか、と悩む必要がなくなったので、徒労感に襲われることはない。その代わり、当然ながら緊張感は増した。

三、四十分ほど待っただろうか。再び、ぼうっとした光が廊下の突き当たりに浮かぶ。わたしは靴を脱いで、両手に持つ。これで足音は立たない。

幽霊が現われ、消えた。その直後に、わたしは小走りに廊下を進んだ。光の消える前に、階段に達する。光は、上から差していた。わたしは階段を上がった。

しかし、少し焦りすぎたようだ。わたしの衣擦《きぬず》れの音が聞こえてしまったのか、階段の上で幽霊がこちらへ振り返ったのだ。わたしを見たかと思うと、ふっと姿を消した。

わたしは、見つからないようにという配慮がもう不必要になったので忍び足をやめ、階段を駆け上がった。ひとつ上の階に出て、廊下を見渡す。一瞬、隙間《すきま》から光が漏れていたドアが閉まり、光が消えた。幽霊は、あの部屋に入ったのだ。

件《くだん》の部屋の前まで進み、軽く息を整えてから「失礼します」と小声で言った。ノブを回すと、鍵は掛かっておらず、ドアが開く。物音を立てないよう、ゆっくりとドアを押す。

幽霊が、こちらに向かって立っていた。わたしは声をかける。

「こんばんは、ベティーナ……いえ、ロデリック」

幽霊が帽子を取る。そこに立っていたのは――女性の服を身にまとった、ロデリックだった。ここは、彼の部屋だった。ロデリックは、こわばった顔で、こちらを見ている。

ロデリックの姿を改めてじっくり眺めた後、詰問《きつもん》口調にならぬよう気をつけて、わたしは言った。

「それはお姉さんの服よね、そうでしょ？」

ロデリックは黙ったまま、小さくうなずいた。

「どうしてそんな格好をしているの？」

彼は沈黙を保っているだけでなく、反応がない。

わたしもしばらく沈黙して様子をうかがってから、水を向ける形で質問する。

「誰かを脅《おど》かすつもりだった？」

今度は、反応があった。ロデリックが慌《あわ》てて首を左右に振り、否定した。

「……お姉さんが亡くなって、悲しかったの？」

ロデリックがうなずいた。ゆっくり、やや大きく。

根気よく時間をかけて、なだめたりすかしたりしているうちに、ようやくロデリックはぽつぽつと話をするようになっていった。


「姉のベティーナとぼくは、本当に仲良しでした。もともととても仲が良かった上、産みの母が亡くなって、父が再婚することになった時に、その絆《きずな》は更に深まりました。家族になってみれば継母《はは》は優しいし、グウェンドリンとリリアンはいい子だしで、今では血のつながった家族も同然です。それでも、やはりベティーナとの仲は特別だったんです。

だからぼくとベティーナは、よく二人だけで行動していました。ぼくらだけの、秘密の遊びもありました。二人で夜中にこっそりと部屋を抜け出して、屋敷の中を探検するんです。うちの屋敷から隣のジャーマニカス屋敷へ通じる秘密の通路があるとか、大昔の財宝がどこかに隠されている、なんて噂もありましたから。もちろん、大人にも見つけられないようなものを子ども二人が見つけるなんてことは、そうそうないでしょう。でも『もしかしたら見つかるかもしれない』と探す行為自体が、楽しかったのです。入ってはいけないといわれている食器室へ、執事には見つからないように忍び込んでみたり。探しながら、いろいろとおしゃべりをするのも楽しかったです。

おしゃべり……そう、二人で亡き母の思い出を語り合ったりもしました。父が再婚したことは、もちろん二人とも祝福していました。でも実母の話を表立ってできなくなったのは寂しかったんです。それで、二人だけの時間に話していたんです」

ロデリックは悲しそうな目を、軽く伏せた。もしかしたら、涙をこらえていたのかもしれない。

「ところが、そのベティーナまで亡くなってしまったんです。ぼくは酷《ひど》いショックを受けました。なのに、父に『男子なのだから悲しみは堪《こら》えなければいけない』というようなことを言われました。父のことは尊敬していますから、そうするべきなんだろう、と必死で耐えました。でも、悲しみを内に隠すことはできても、悲しみそのものをなくすことはできませんでした。逆に、秘めれば秘めるほど、辛《つら》くなっていきました。

それでぼくは深夜に、そのままにしてあるベティーナの部屋へ行き、彼女の服を取り出してはそれに顔をうずめて、こっそりと泣いていました。服にはまだ、ベティーナの香りが残っていました。ですが、服の中に実体はありません。からっぽなんです。それでぼくは、その服をぼく自身が着て中身を埋めれば、ベティーナと〝一心同体〟になれるような気がしたのです。やってみると、実際その通りでした。ベティーナの服を着たまま、こっそりと部屋から出てみました。そうすると、また彼女と二人で屋敷を探検しているような気分になれたのです。この行為が、ぼくにとっての唯一の救いとなったのです。だから、辛くなるとこれをやってたんです」

ロデリックは、あくまでそれを、自分だけの密かな行為として行っていた。双子に自分の姿を見られたことには、気付いていなかった。見られたと判っていたら、すぐにやめていたという。

わたしは改めて、ロデリックの格好をまじまじと眺めた。

「でも、さすがは姉弟ね。わたしはベティーナのことは写真でしか見たことがないけれども、そうしているとそっくりだわ」

「はい、自分でもそう思います」ロデリックは照れくさそうに言った。「ですから、姉に会いたくなったら、この格好をして鏡を見るんです。そして、話しかけるんです。……答えてはくれませんけれどね」

「気持ちは分かるわ。でも、もうベティーナの服を着て歩き回るのは、やめてもらえないかしら」

あえて言わなかったけれども、室内で一人だけのときのことまでは、止めはしない。本人の自由だ。

わたしの言外《げんがい》の意図が伝わったのかどうかは不明だけれど、ロデリックはうなずいた。

「はい。見られていたとあっては、言われずともやめるつもりです。……でも、グウェンドリンとリリアンはぼくだと気付いてないんですか」

「ええ、そうよ」

「じゃあ、ぼくだったということは言わないでもらえませんか」

わたしは考えた。ここでロデリックがやっていたことが明かされたら、彼は心に傷を負ってしまうかもしれない。それは、できれば避けてあげたい。肝心《かんじん》のグウェンドリンとリリアンだけれど、彼女たちは「幽霊が出なくなる」ことを望んでいるのであって、必ずしも真相を知らせなくてもいいだろう。

「わかった。二人には、教えないようにするわ。でも、お母様にはお知らせしないわけにはいかない。実はわたし、あなたのお母様に依頼されてこの一件を調べていたの。それに、あなたの気持ちを知ってもらっておくのは、悪いことじゃない。あなたも、もう少しお母様を頼ってもいいのよ」

「……はい」

「それ以外は、絶対に口外しないわ。だからこれからは……ベティーナのハンカチは、残ってないの？」

「あ、あります」

「じゃあ、それを持って歩くことになさいな。それだと普段から身に着けてられるし」

「わかりました、そうします。ありがとうございます」

わたしには、真相の解明以上に重要な役目があった。双子を不安から解放し、精神の安定と健康を取り戻させることだ。

翌日の勉強時間、ひととおり授業をしてから、わたしは言った。

「あなたたちの言っていることは、本当だったわ。昨夜《ゆうべ》、幽霊が本当に出るのをわたしも見ました」

「出たでしょ？」「嘘じゃなかったでしょ？」と、グウェンとリリー。

「ええ。もちろん、あなたたちのことは最初から信じていましたけれどもね。それでわたしは、ベティーナの幽霊と話をしました」

「ええっ」「それ、ほんとう？」双子は、目を丸くする。

「はい、本当ですとも」とわたしは答える。そう、これは決して嘘ではない。「ベティーナは家族のことを心配して、幽霊になって屋敷に現われたんです。だから、みんながもう悲しみを乗り越えたから安心して欲しいこと、ベティーナが姿を見せるとかえって心配してしまうことを伝えました。そうしたら分かってくれて、もう出てこないと約束してくれたのよ」

「すごいわメアリ、インド秘術師どころじゃないわ」とグウェンドリン。「〝れいばいし〟みたい」とリリアン。

「あら、霊媒師《れいばいし》なんて難しいことを知ってるのね」

「あたしだって知ってるわ」とグウェンドリン。「二人一緒に、本で読んだのよ」

「ベティーナは、あなたたちのことを特に心配していたわ。ロデリックともっと仲良くして欲しい、って。あなたたち、ロデリックのこと嫌い？」

「そんなことない！　だいすき！」と、双子は声を揃えた。

「だったら、もうちょっと親しくできないのかしら？　……恥ずかしい？」

二人は、実際に恥ずかしそうにこっくりとうなずいた。

「ロデリックもあなたたちのことが大好きなんですよ。でもロデリックの方が年上だし、しかも男の子だから、もっと照れちゃうの。ここは、女の子だし、年下のあなたたちから行くべきよ。今までよりもたくさん話しかけて、まとわりついちゃえばいいんです」

「……いいのかな」と、グウェンドリンとリリアン。

「そうすれば、ベティーナの幽霊も出なくなるんですよ」

「わかった」とグウェンドリン。「そうする」とリリアン。

「じゃあ、次はロデリックの勉強時間だから、彼がここへ来た時、二人で両側から飛びついてごらんなさい」

「うん！」と双子たちは大きくうなずいた。


わたしにはまだ、他にも解決しておきたいことが残っていた。

勉強時間が終わった後で、わたしはひとりで屋敷の庭に出た。それから、先日ロデリックに案内してもらった迷路へと向かった。太陽の位置、時間、方角をしっかり頭に入れてから、迷路の中に入った。ほとんど迷わず、どんどんと進む。実は、ちょっとずるをしているのだ。屋敷の上の階にあがると、この迷路を見下ろすことが出来て、どういう構造になっているかが判るのだ。それをきちんと頭の中で把握しつつ、方角を見失わなければ、大して難しい迷路ではない。

わたしは上から眺めた際、気付いたことがあった。迷路の奥側は、敷地の境界と接していたのだ。わたしは、奥へ奥へと歩いた。一番奥と思《おぼ》しき辺りで、仕切りを形成する植栽を丹念に調べた。そして一箇所、枝が薄くなっている場所があることに気付いた。その枝を動かせば、人がぎりぎり通り抜けられる隙間ができそうだ。わたしはその場に足を止め、鳥の声に耳を傾けながら、待ち続けた。

待ちぼうけにはならなかった。植栽の向こう側で、草を踏み分ける足音が聞こえたかと思うと、枝を掻《か》き分けながら隙間をくぐって人影が現われたのだ。

それは、先日見かけたフェリシア・ブラウンズバーグ嬢だった。スカートに枝の先を引っ掛けないように気をつけていたためか、わたしに気付いていない。そこで、こちらから声を掛けた。

「フェリシアさん、こんにちは。ここで何をしてらっしゃるの？」

彼女はぎょっとした表情で凍り付いたが、何も答えない。

「もしかしたら、こちらの屋敷の住人と関係があるのでなくて？」

急に彼女は目を泳がせた。どうやら、図星らしい。

「ねえ、もし良かったら、わたしに話してみませんか？　悪いようにしませんわ。あなたに何か事情がおありなことは、分かっています。あなたがまたいらっしゃるんじゃないかと思って、ここで待っていたんです。わたしはマグナンティ家に雇われている家庭教師のメアリ・モースタンと申します。ですから、マグナンティ家の親族というわけではありません。中立な立場だと、お約束しますわ」

フェリシア・ブラウンズバーグ嬢は悩んでいる様子だった。それでも、わたしがなだめるように説得し続けるうち、遂に口を開いた。

「わたしは隣の屋敷のフェリシア・ブラウンズバーグ……だということは、もうご存じのようね。わたし、以前からこっそりここを通ってタイビリアス屋敷に潜《もぐ》り込んでいたの。その目的は……ベティーナよ。わたしとベティーナは、周囲から見るとライヴァルで、いがみ合っているようにすら思われたかもしれないけど、実は違ったの。本当は仲良しだったのよ。ただ、家同士は揉《も》めごともあって対立してたから、表立って遊ぶことはできなかったの。だから、こっそりと会って、遊んでいたのよ。二人の間では『わたしたち、女同士だけど、ロミオとジュリエットみたいね』なんてことを、言っていたわ。それぞれの家が、キャピレット家とモンタギュー家みたいなものだと」

「人に見られないよう、ここでこっそり落ち合っていたのですか？」

「そう。ここで、待ち合わせたの。どちらかが来られなくても、別に構わなかったわ。ここが、二人の特別な場所だから」

「二つの屋敷をつなぐ、秘密の通路を探したりしてたの？」

フェリシアは、首を左右に振った。

「いいえ、そういうわけじゃなかったわ。ベティーナは、弟さんがその手のことが好きだから、一緒に夜中に探検をしたりしてる、とは言っていたけど。もちろん彼女自身もそれを楽しんではいたのよ。でもわたしたちの場合は、一緒にいるだけで楽しかったの。ここで、色々な話をしたわ。それなのに、彼女は急に亡くなってしまった。だからここに来ては、彼女との思い出にひたっていたのよ……」

ベティーナは、フェリシアの話はロデリックにもしていなかった。ベティーナにとってこれは「女の子同士の秘密」だったのだ。女の子というのは、えてしてそういう秘密を持ちたがるものだ。わたしも寄宿学校での生活を経験しているから、理解できる。

「ベティーナのためにも、あなたの代からは二つの一族の対立をなくすようにしてちょうだいね」とわたしは言った。「お母様は、絵のことでマグナンティ家に不満があるようですけど……」

「あれは、わたしから見てもひどいと思います。母もうちの中では『オークションに不備がないのは分かっているけど、マグナンティ家の物になるのが悔しいのよ』って、はっきり言ってましたから」

「では、まずその訴えを取り下げるよう、お母様を説得するところから始めて下さいな」

「そうするわ」

フェリシアが、ようやく僅《わず》かながら笑みを浮かべた。


双子たちの具合が悪い原因は〝幽霊〟だったこと、そしてその幽霊の正体がロデリックだったことを、わたしはヒルデガード・マグナンティ夫人に伝えた。双子たちの側、ロデリックの側、共に問題を解決しておいたことも。夫人は、心から喜んでくれた。わたしが真相を掘り起こすだけでなく、全て終わらせてしまったからだ。

「ほんとうにありがとう、メアリ」とマグナンティ夫人。「どう御礼をしたらよいやら。謝礼として、いかほどお支払いしたものかしら。いくらでも言ってちょうだい」

「どうかお気になさらないで下さい、お金が目的でやったことではありませんから。わたしはシャーロック・ホームズさんみたいに職業探偵なわけでもありませんし」

「でもわざわざ来て下さって、こんなにご尽力《じんりょく》いただいたのに、何も御礼を差し上げずにお帰しするわけには絶対にいかないわ」

「では、どうしてもということでしたら、家庭教師として働いた期間分のお給金をいただければ十分ですわ。あとは必要経費として、交通費を」

「それでは少なすぎます。いっそ、こちらにもうしばらく滞在して下さい。その分、給料をお支払いしますから。少し、上乗せをして」

「これ以上、こちらでお世話になるわけには参りません。そろそろ、夫がロンドンへ帰って来てしまいますから」

最終的にマグナンティ夫人は、お給金とは別にキャッツアイの指輪を下さった。これは、お断りしないことにした。

双子に暇乞《いとまご》いをすると、二人は目を丸くした。

「ええっ。メアリ、もういなくなっちゃうの？」とグウェンドリン。

「嫌よ。せっかく仲良しになれたのに。いい子でお勉強するから、もっといてちょうだい」とリリアン。

二人とも目を潤《うる》ませ、今にも涙をこぼさんばかりだ。

「ごめんなさいね、家庭の事情なの。どうしても行かなければならないのよ」

グウェンドリンは、わたしをまじまじと見つめて言った。

「幽霊のことが解決した途端にいなくなっちゃうなんて、もしかして、そのためにここへ来たの？　メアリって……本当は魔法使いなんじゃ？」

わたしは心の中で苦笑いした。前提は合っているけれど、結論がちょこっと違ったわね。

「さあ、それはどうかしら」と、肯定も否定もしないでおく。

「よかったら、そのうち遊びに来てちょうだいね。お友だちとして」とリリアン。

「機会があったら、そうするわ」

もしかしたら、本当にそういうことがあるかもしれない。その時は、ワトスン夫人としてやって来ることにしよう。時間の順をちょっと入れ替えて、ここを去った後で結婚したことにすればいい話だ。

考えた末に、ロデリックには別れを告げる際、ひとつ伝えておくことにした。

「ねえロデリック。ベティーナが亡くなったことで悲しんでいるのは、あなただけではないわ。だから、ひとりだけで抱《かか》え込まないで、話し合ってごらんなさい。そうしたら、あなたの中でも悲しみを消化することができると思う」

ロデリックは、少し戸惑《とまど》っているようだった。

「話の趣旨《しゅし》は分かりますが……たとえば、誰にでしょうか」

「たとえば、フェリシア・ブラウンズバーグよ」

不思議そうに、ロデリックはわたしを見た。

「え、どうしてそこにフェリシア嬢の名前が出てくるのですか。第一、彼女はベティーナのライヴァルだったんですよ」

「ベティーナとフェリシアはね、実はとっても仲良しだったのよ」

わたしは、フェリシア・ブラウンズバーグ嬢から聞いた話をそのまま伝えた。ロデリックは、驚いたように眉を上げていた。

「そ、そうだったんですか。全く知りませんでした」

「だから今度、フェリシアと話をしてみて。彼女も悲しんでいるから、慰《なぐさ》めてあげて欲しいの。お互いに話すことで、二人とも心の痛みを癒《いや》すことができると思うわ」

「わかりました。そうします」

「一族同士は反目し合っているかもしれないけれど、わたしが話してみた限りでは、フェリシア・ブラウンズバーグはいい娘《こ》よ。だって、あなたのお姉さんが親しくしていた子なんですから。あなたたちが仲良くなれば、両家の溝《みぞ》も埋まっていくと思うわ。そうなったら、ベティーナもとても喜ぶと思う」

「はい。がんばってみます」ロデリックは、笑みを浮かべた。

「二つの屋敷の名前、タイビリアスとジャーマニカス――その由来は明らかに、ティベリウス・ゲメッルスとゲルマニクス・ゲメッルス、つまりローマ皇帝ティベリウスの孫にあたる双子ですよね。この二つの屋敷は、二つでひとつなんです。ですから、そこに住んでいる二つの一族も、いがみ合っていないで仲良くすべきなんです。ロデリック、どうかあなたとフェリシアが、仲直りのきっかけになって下さい」

わたしはロンドンへ戻ってきた。都会特有の煙のにおいすら、懐かしく感じる。

帰宅すると、ジョンからの電報が届いていた。慌てて電文を確認すると「明日帰ル」とのことだった。わたしの方が、一日だけ早く帰着することができたのだ。ぎりぎり間に合って、ほっとした。

翌日遅くに、ジョンは帰ってきた。

「ただいま。すまんね、予定より汽車が遅くなってしまった」

わたしはジョンから帽子とコートを受け取る。

「おかえりなさい、あなた。いかがでした、事件の方は」

「ああ、いつも通りさ。シャーロック・ホームズの見事な推理で、無事に解決さ。いつも見ているわたしでも、驚かされたよ」

「じゃあ、片付いたんですのね。良かった」

「またゆっくり話すよ。……君の方はどうだった。何もなかったのかな」

わたしは、黙っていようかとも考えた。でも、がまんしきれなかった。

「実は、あったんですのよ。それも、すごく大変なことが。でも先に言っておくけど、これは記録に残したりしたら絶対にだめよ。あのね……」

第三話

アメリカからの依頼人

少年給仕《ページボーイ》ビリー

シャーロック・ホームズさんが、長椅子《いす》に転《ころ》がってパイプをふかしながら、けだるげに言った。

「ビリー。部屋の掃除《そうじ》は、僕がいない時にしてくれ」

「だって、ハドスンさんが今やれって言うんですから」と、僕はほうきを持つ手を止めずに答えた。「それにホームズさん、ここのところずっと部屋にいらっしゃるじゃありませんか。いない時にやるんだったら、いつまで経《た》っても掃除できませんよ」

「事件が舞い込まないんだから、仕方がない。全く、ロンドンの悪党どもは何をやってるんだ」そう言うと、ホームズさんは煙を吐き出した。

ソファで新聞を読んでいるワトスン先生の方をちらりと見ると、先生は何も言わず肩をすくめた。こんな時のホームズさんの相手をするのは面倒なだけ、ということか。僕も肩をすくめてみせ、そのまま掃除を続けた。

「海外の犯罪者は、がんばっているようだよ」とワトスン先生が新聞を開いたまま言った。「アメリカでは、『公爵《こうしやく》夫人のティアラ』と呼ばれる秘宝を盗んだ犯人が逃亡中だそうだ。ポルトガルでは、金目当てで旅行者を十人殺したという旅館の主人が逮捕されている」

「その二つの記事はスクラップするから、よけておいてくれたまえ、ワトスン君。それにしても、もう少し我が国の犯罪者もしっかりしてくれないと、僕は退屈のあまり死んでしまうよ」

ワトスン先生は、ちょっと心配そうな目でホームズさんを見た。「死んでしまう」というのを本気に取ったのではなく、以前のホームズさんが暇《ひま》なときに耽《ふけ》っていたという悪癖《あくへき》——コカイン注射——を再開しないか、危惧《きぐ》したのだろう。しかしホームズさんは長椅子から身を起こさず、注射器を持ち出してくるような気配はなかった。ワトスン先生は安堵《あんど》の吐息《といき》をついて、新聞に戻った。

その時、ベイカー街221Bの玄関の呼《よ》び鈴《りん》が鳴った。せわしなく、何度も繰り返される。ホームズさんが、ぴくりと反応する。

「ビリー、見てきてくれ」

「はーい」僕は階段を下りながら言った。

玄関を開けると、そこにはロンドン警視庁《スコットランド・ヤード》のレストレード警部がいた。これまでの経験から、呼び鈴の鳴らし方でそうじゃないかと思っていたけれど、全く予想通りだった。

「やあ、ビリー」とレストレード警部は言った。「シャーロック・ホームズさんはいるかい」

「はい。というか、ここのところお出かけの時の方が珍しいですよ」僕は扉を大きく開いて、警部を招き入れた。

警部は僕が取り次ぐのを待たずに、勝手にどんどん二階へ上がってしまう。慌《あわ》てて、僕も追いかける。警部がホームズさんたちの部屋へ入る直前に「レストレード警部がお越しです」と声を張り上げて、役目を果たす。

「シャーロック・ホームズさん、大変なんです。ストーク・ニューイントンで、殺人です」レストレード警部は、部屋に入るか入らないかのうちに言った。

ホームズさんは少しばかり心を引かれた顔つきになった。でも、飛び起きるには至らなかった。

「ほう、殺人とね。とはいえ、重大な犯罪だからと言って必ずしも難事件とは限らない。僕が乗り出すに値《あたい》する、興味深い点がないとね」

「それが、大ありなんですよ。空き家で、銀行家が殺害されていたんですが、周囲に全然足跡が残されていない状況で死体が転がっていたんです」

「ふむ」ホームズさんが身を起こした。「確かにそこに関しては、そそられるね。……よかろう。暇を持て余しているところだし、現場へ行ってみることにしようか。案内してく

た。

「もちろん、喜んで一緒に行くよ」ワトスン先生は、早くも出かける準備をしながら言った。

「ワトスン、君も来ないか。やはり僕の記録係《ボズウェル》には、いてもらった方がありがたい」

「ありがとうございます、ホームズさん」

れたまえ、レストレード警部」


　僕はコートや帽子を用意したりと、お手伝いをする。警部が221Bの前に馬車を待たせていたので、三人はそれに乗って出かけていった。

　通りで馬車を見送ってから帰ると、ハドスン夫人がお茶のカップやポットを片付けていた。掃除の邪魔をするホームズさんがいなくなったので、僕も再びほうきを手にする。

　茶器を置いて戻ってきたハドスン夫人は、外出する格好をしていた。

「ホームズさんもワトスン先生もお出かけになったから、わたしは今のうちに買い物をしてくるわ」

　僕はほうきを止めた。

「買い物なら、僕が行ってきましょうか？」

「だめよ。お前をお遣《つか》いに出すと、なかなか帰ってこないんだから。それに、食料品も買ってくるから、わたしがこの目で選ばないと。だから、留守番を頼むわね」

「ちぇっ。……わかりました、ハドスンさん」

それでも、ホームズさんたちだけでなくハドスンさんも出かければ、残るのは僕だけになる。のんびりできるぞ……と思ったけど、ハドスンさんにじっと見つめられた。どうやら、見透《みす》かされてしまったようだ。

「わたしがいないからって、さぼってちゃだめよ。帰ってきてから、ちゃんとチェックしますからね」

「はーい、わかりました」

ハドスンさんが外出し、扉の閉まる音が響くと同時に、仕事を放り出す——のは、さすがに気が引けたので、掃除を再開する。誰もいないので、歌を歌いながら。曲は「六ペンスの唄《うた》」。途中までは元の通りに歌って、最後のメイドと黒ツグミに関するところだけ、歌詞を変えた。

「給仕は部屋で、床をお掃除。ハドスン夫人が飛んできて、給仕の鼻をひとつまみ」

この歌のおかげで、だいぶ勢いがついた。

とはいえ、本や書類が山積みになっているテーブルの上には手が出せない。ぐちゃぐちゃに置いてあるように見えて、ホームズさん自身はきちんと置き場所を把握《はあく》しているらしい。だから片付けのために動かすと、ホームズさんにたちまち叱《しか》られてしまうのだ。

床にまで新聞が落ちていたので、これはさすがに拾《ひろ》って畳《たた》むことにする。

一通りきれいになったから、一休みだ。シャーロック・ホームズさんの事件記録が掲載されている『ストランド・マガジン』を本棚から引っ張り出した。これには、僕にも読めるような子供向けのファンタジー小説が載《の》っているので、続きを読むのが楽しみなのだ。本当は、ワトスン先生が既《すで》に書き上げたのにまだ発表していない事件記録を読みたいのだけれど、これは「勝手に読んではいけない」と言われている。内容的に問題があって公表していないものもあるから、ということらしい。ワトスン先生に「これは読んでもよろしい」というものを、たまに読ませてもらえることもあるのだけれど。

女の子と男の子の姉弟が不思議な冒険を繰り広げる物語に夢中になっていて、「一体この後どうなるんだろう」というところで、玄関の呼び鈴が鳴った。僕は雑誌を閉じると立ち上がって「はーい、お待ち下さーい」と叫びながら、階段を駆け下りた。

扉を開けると、ひとりの男性が立っていた。三十歳ぐらいかな、という外見だった。

男性は僕を見て、ちょっと目を丸くして言った。

「シャーロック・ホームズさんのお住まいで間違いないね？　ホームズさんはいらっしゃるだろうか」

「すみません、ホームズさんでしたら、今お出かけ中です」

「おやっ」男性は困った顔をした。「今日この時間に伺《うかが》うと電報を打っておいたのだが……何か聞いていないかね」

「いいえ、何も聞いてないです」

「そうか。何かの不都合で電報が届かなかったのかもしれない。とにかく、遠方から来たので是非《ぜひ》ともお会いしたくてね……。中で待たせてもらえるとありがたいのだが」

そのように対応する場合もある。ただ、今回は問題があった。

「よろしいですけど、ホームズさんはまだ出かけてそんなに時間が経ってないんです。ストーク・ニューイントンだとおっしゃってましたからロンドン市内ではありますけど」

「鉄道で地方まで出かけられたわけではないのだね。それだったら、待たせてもらいたい」

「わかりました。どうぞお上がり下さい」

僕は訪問者を二階へ案内した。彼の帽子を受け取り、帽子掛けに掛ける。

彼は部屋の中を興味深そうに見回した。その気持ちは、分からないでもない。この部屋には、様々な実験器具とか、犯罪事件の記念品とか、面白そうなものがあちこちに転がっているから。

……感じのよさそうな人だから大丈夫だとは思うけれど、僕が留守を任《まか》されている間にこの部屋から何かが「なくなった」などということがあっては困る。なので、入り口近くで控えていることにした。

「大家のハドスン夫人も不在なもので、お茶も出せずにすみません」と僕は言った。

「いやいや、お茶なんて気にしなくていいよ。……ああ、ぼくはスターリッジという者だ。アメリカから来たんだ」

アメリカ……それで納得した。僕はそれほどファッションに詳《くわ》しくないけれども、目の前の人物の着ている服が、ロンドンの街で見かける紳士の服と、微妙に違っていることぐらいは判《わか》る。

はるばるアメリカから来たのだったら、ホームズさんが留守でも帰らずに待つのも当然だ。

彼は来客用の椅子に腰を下ろすと、僕を見つめて言った。

「君は少年給仕《ペイジボーイ》だね。名前は？」

「ビリーと言います」

「ほう。いい名前じゃないか」

ありきたりな名前だから、社交辞令とは判っていたけれども、僕は嬉《うれ》しくなった。

「スターリッジさんは、アメリカのどちらから」

「シカゴだよ」

「どうしてまた、シカゴなんて遠くから、わざわざいらしたんですか」

「以前、シャーロック・ホームズさんには随分《ずいぶん》とお世話になったものでね」

僕は、この言い回しがちょっと気になった。そのままの意味に取れば、昔ホームズさんに事件を依頼して解決してもらった、というところだろう。でも、逆の意味だったらどうだろう?

この人は実は犯罪者で――かつてホームズさんに逮捕されたのかもしれない。

(……だとすると、ここへは犯罪者の言うところの「お礼参り」に来たのだろうか?)

そう思いついた途端に、僕は緊張してしまった。自然に振舞《ふるま》わなければ、と自分に言い聞かせる。

ふと気が付くと、スターリッジは、部屋の中のあちこちをちらちらと見ている。

(……やっぱり、この部屋から、何かを盗み出すのが本当の目的だろうか)

ホームズさんは無造作《むぞうさ》に放り出しているけれども、この部屋にも貴重品はある。エメラルドの嗅《か》ぎ煙草《たばこ》入れとか。公開されては困る事件記録が目的、という可能性も考えられる。

逆に、何かを置いていくのが目的かもしれない。

(例《たと》えば――ホームズさんを暗殺する目的の爆弾とか)

ロンドンでは昔、無政府主義者が敵をダイナマイトでどかんと爆破する、という事件がよく発生した。

思わず僕は背筋が寒くなった。これは、よほど慎重に事に当たらないと、大変な結果を招く可能性がある。

(この人は入ってきた時、何か荷物を持ってたっけ?)

……彼の足下《あしもと》を確認するが、カバンの類《たぐい》は見当たらない。だが、最初から何も持っていなかったかというと、自信がない。もしかしたら、もうどこかにこっそり隠したのかもしれない。

とにかくこれは、僕ひとりの手には余る。ホームズさんかワトスン先生に、いて欲《ほ》しい。二人が帰ってくるまで、スターリッジを引き留《と》めておくしかない。

当初は、見張り番として部屋に留《とど》まっているだけで、椅子に座って本でも読んでいようかと思っていたけれども、そうもいかなくなった。会話を続けて、彼が帰れないようにしないと。

(もしかしたら話をすることで、何か情報を引き出せるかもしれないし)

そう考えて僕は、彼に問うた。

「スターリッジさんは今回、どういうご用件でシャーロック・ホームズさんのところへいらしたんですか」

「そりゃあもちろん、犯罪事件の解決に、協力してもらうためさ」

「ということは、何か重大な事件に巻き込まれてらっしゃるんですね」

「いや、そういうわけじゃないんだ。ぼく自身も、事件を捜査する側なんでね」

「え、どういうことですか」

スターリッジは困ったように頭をかいて、言った。

「ホームズさんが戻って話をすれば、いずれ判ることだから、君には正体を明かしてもいいか。ぼくはね、こう見えてアメリカの探偵社の者なんだ。『ピンカートン探偵社』って、聞いたことないかい」

聞いたことはあった。アメリカで最も有名な探偵社で、全米はもちろん、我が国にもその名は知れ渡っている。僕はちょっとほっとして、声を上げた。

「ホームズさんの同業者だったんですか！」

スターリッジは、苦笑《にがわら》いをした。「同業者と言っても、ホームズさんみたいな天才には足下にも及ばないけどね。ホームズさんには以前にも、うちの扱っている事件の解決にご協力頂《いただ》いたことがあるんだ」

僕は懸命《けんめい》に記憶を掘り起こした。確か、ワトスン先生の事件記録で読んだ覚えがある。

「……思い出した。赤輪党《あかわとう》の事件じゃありませんか」

「おお、よく知っているな。さすがはホームズさんの給仕だ」

褒《ほ》められて、僕はちょっと嬉しくなった。それに、僕はホームズさんとスコットランド・ヤードの人たち以外の探偵に会うのは初めてだったので、なんだか不思議な感覚だった。

「ねえスターリッジさん」

「なんだね」

「僕、英国はおろか、ロンドンから出たことがないんです。シカゴがどんなところか、教えてくれませんか」

これは時間稼《かせ》ぎであるだけでなく、本心からの好奇心でもあった。僕の行動範囲がロンドンに限られているのも、本当だった。

スターリッジは、きさくに「ああいいとも」と答えてくれた。

「シカゴはアメリカ合衆国の中部、イリノイ州の北東部にある、州最大の都市だよ。摩天《まてん》楼《ろう》が立ち並んでいる。数十年前に大火災が発生してね、そのために都市化が進んだんだ。繁栄《はんえい》しているけど、犯罪も多い。そこでぼくらの出番というわけさ。ああ、もちろん、ピンカートン探偵社はシカゴだけでなくアメリカの主要都市に支社があり、どこの依頼でも受けるけれどね」

「ピンカートン探偵社って、歴史は古いんですか」

「ああ。今から半世紀ほど前、十九世紀半《なか》ばにアラン・ピンカートンによって設立されたんだ。ピンカートンはエイブラハム・リンカーンの暗殺計画を未然に防いだことで、既に実績があったんだよ」

「あれっ。リンカーンって、暗殺されちゃったんじゃなかったでしたっけ」

「その時には、ピンカートンではなくアメリカ陸軍が警護していたんだ」

「へええ。スターリッジさんは、どんな活躍をしたんですか」

「探偵社だから、依頼さえあれば違法なことでない限り仕事は引き受けるので、そんなに華々《はなばな》しいことばかりじゃないよ。ぼくはまだまだ、これからだね」

スターリッジはここで、ポケットからシガレット・ケースとマッチを取り出した。

「一服やらせてもらうよ」

彼は立ち上がってマントルピースの上から灰皿を取った。元の椅子に座ると煙草に火をつけ、煙を吐き出してから言った。

「さあ、今度は君の話を聞かせてもらえないか。君はこのベイカー街221Bで少年給仕をしているんだろう。掃除とかだけでなく、シャーロック・ホームズさんの仕事を手伝ったりするのかい」

いきなり質問の矛先《ほこさき》がこちらに向けられて、慌ててしまった。

「え、ええと。……そうですね、街中で犯人を尾行したりとかはありませんが、この部屋でお手伝いすることはありますよ。とある事件では、少しばかり重要な役割を果たしたこともあるんです。今は隠してありますけど、この部屋にはシャーロック・ホームズさんそっくりの人形がありましてね。ホームズさんが狙《ねら》われている際、わざとそれを窓際《まどぎわ》に置いたんです。本物らしく見せるためにその人形を動かすのが、僕の役目だったんです」

「ほう。その話は知らないなあ」

「聞いたことがないのも当然ですよ。ワトスン先生が書いたその事件の記録、まだ雑誌に発表されてませんから」

「危険はなかったのかい」

「全くなかった、とは申しません。人形を置いたのはホームズさんが狙われていて、狙撃《そげき》される恐れがあったからなんです。だからうっかりすると、人形と一緒に撃《う》たれてしまう可能性はありました」

「それは勇敢《ゆうかん》だ。さすがはホームズさんの給仕をしているだけはある」

「大したことないですよ。ワトスン先生みたいに、いつでも危険を共にしているわけじゃありませんから。あ、あと、乱暴者が乗り込んできて、ホームズさんの捜査活動を邪魔しようとしたなんて出来事がありましたけど、その対応をしたことはあります。結局、その男は犯人の手下だったんですけどね」

　それからもスターリッジを相手に色々と話をした。質問されれば、なるべく丁寧《ていねい》に、たくさん答えるようにした。

　ただ、僕はさっきから何かが気になっていた。自分でもそれが何か判らないのだけれど、喉《のど》に刺さって取れない魚の小骨みたいに、ずっと引っかかっている。

　僕はちょっと考えに耽ってしまい、それが沈黙を生んでしまった。その時、玄関の呼び鈴が鳴った。

「ちょっと失礼します」と僕は言って、急いで下へ降りた。

訪問者はまだ少年と言っていい若さの、それこそ僕と同じような年頃のメッセンジャーで、封筒を持っていた。

「ベイカー街221B、シャーロック・ホームズさんのお宅ですね」

「そうです」

「こちらの住所のホームズさん気付で、スターリッジさん宛《あ》てです。どうぞ」

これは全く予想外だった。一体、どういうことだろう。

僕は受け取った封筒を持って二階へ駆け上がり、スターリッジへ手渡した。

「あなた宛てですよ」

スターリッジは慌てた様子で封筒を開けて中の手紙を読むと、険《けわ》しい顔をして顔を上げた。

「すまないが便箋《びんせん》と封筒とペンを借りられないだろうか。事態が動いたので、今すぐ現地へ行かなければならなくなった。だから、ホームズさんに手紙を残したいんだ」

そういうことなら、断るいわれはない。一通り用意して渡すと、スターリッジはすらすらと手紙をしたため、「ホームズ様へ」と書いた封筒に入れるとこちらに寄越《よこ》した。

「これをホームズさんに。くれぐれもよろしく」

そう言うとスターリッジは帽子をかぶり、止める間もなく部屋から立ち去ってしまった。彼が階段を下りていく音が聞こえる。

僕は、テーブルの上に封筒を置き、それを見つめながら考えた。

（今すぐ、決断をしなきゃ。——このままホームズさんの帰りを待つべきか、それともスターリッジの後を追うべきか）

頭をひねって悩んでいた、その時。

（あっ、そうか！）

僕はさっきから自分が何に引っかかっていたのか、気が付いた。灰皿だ。スターリッジは探し回りもせずに、一直線に雑然としたマントルピースを目指《めざ》した。彼は、あそこに灰皿があることを知っていたんだ。彼はここへ、来たことがあるんだ。以前ホームズさんにお世話になったとは言っていたけれども、なぜ、ベイカー街２２１Ｂへ来たことがあると言わなかったのだろう。

最早《もはや》、結論を出すのに時間はかからなかった。窓際へ急ぎ、下を見る。幸い、まだスターリッジの姿が見えた。今なら間に合う。但《ただ》し、僕からホームズさんに伝言を残している時間はない。

スターリッジがどちらに向かっているかを確認すると、僕は階段を一段飛ばしで駆け下り、玄関の戸締まりをして、走り出した。

すぐに、スターリッジの後ろ姿が目に入った。足をゆるめ、距離を保ったまま、スターリッジと同じペースで歩く。

僕は緊張してるし、どきどきしてるしで、大変だった。シャーロック・ホームズさんが誰かに尾行を命じるとしたら、大抵《たいてい》はベイカー街イレギュラーズの面々だ。僕の主な仕事場はベイカー街221Bの室内だし、たまに外に出ることがあっても、メッセージを運ぶとか、そういう用事だ。容疑者に気付かれないよう、後を追いかけるなんてことは、ワトスン先生の書いた事件記録で読むばかりだった。それを今、僕は現実にやっているんだ。どきどきしても、仕方ないだろう。

経験があるわけでも、ホームズさんから指導を受けたわけでもない。今まで読んだ記録の、見よう見まねだ。

尾行する対象に気付かれないよう、近づきすぎない。見失わないよう、離れすぎない。常に、すぐに姿を隠せる場所を確保しておく。

本来なら服装も目立たないものを選ばないといけないけど、今回は着替えている暇がなかったから仕方がない。とはいえ、お遣いに出かける少年給仕は多いから、この制服の格好で歩いていても、街に溶け込めるだろう。

それでもスターリッジは僕の顔を知っているから、もし彼が振り返るようなことがあったら、尾行がばれてしまう。慌てて隠れても、かえって目立ってしまうだろう。考えた末に僕は道路を渡り、車道を挟《はさ》んだ反対側の歩道を歩くことにした。これなら、気付かれにくいはずだ。

スターリッジは、真っ直《ます》ぐに東へと歩いていた。ぐるぐると角を曲がったりはしていないので、尾行を警戒している様子はなかった。

その時、スターリッジがいきなり横丁《よこちょう》へ入った。唐突《とうとつ》だったので（しまった、気付かれたか）と焦《あせ》った。でも、慌てて駆け出そうとする寸前に、はっとなって足を止めた。スターリッジがさっきまで進んでいた歩道の、向かい側から歩いてきた人物に目が留まったのだ。それは、僕も知っている人だった。——ヤードの、グレグスン警部だ。

グレグスン警部は、特に何かに気付く様子もなく、横丁を通り過ぎた。少しして、スターリッジが横丁から出てきた。ちらりとグレグスン警部の後ろ姿に視線を走らせると、再び通りを進み始めたのだ。

あいつ、あからさまに警察を避けたぞ。やっぱりピンカートン探偵社の探偵だなんて嘘《うそ》っぱちで、指名手配されている犯罪者なんじゃないか？

グレグスン警部を追いかけて、そのことを伝えようかとも考えたけれど、今はスターリッジがどこへ行って何をしようとしているのか、突き止めるのが先決だ。僕はスターリッジの尾行を続行することにした。

スターリッジは途中で角を曲がってエッジウェア・ロードに入り、進路を北東へと変えた。ひたすらに真っ直ぐ進み、メイダ・ベールの辺《あた》りで横丁へ入った。

ここからの尾行が難しかった。当たり前だが、小さい道では大通りと違って尾行がばれやすいのだ。極力、曲がり角や物陰に隠れながら進むしかない。

でも、横丁に入ってからのスターリッジは自分の行き先に神経を集中しているのか、もう後方を気にすることはなかった。

スターリッジは、高い塀《へい》で囲まれた建物の手前で足を止めた。どうやら、これが目的地らしい。彼は表玄関へは向かわずに、塀にぴったりとくっついてゆっくり歩き、中の様子を窺《うかが》っている。

（彼が本当に探偵でここを探索している可能性と、彼が実は犯罪者でここから何か盗もうとしている可能性と、両方あり得るな……）

僕は更《さら》なる可能性も思いついた。彼が探偵であっても、ホームズさんの味方ではない、ということもあり得るのだ。つまり同じ事件を捜査していても、彼がホームズさんよりも「先に」犯人を捕まえようとしている場合だ。場合によっては、抜け駆けをしようとしているだけでなく、ホームズさん側の捜査の邪魔を狙っているということすら考えられる。

でも、だからといって、スターリッジが誰かのために事件を解決しようとしているのなら、僕がそれを邪魔していいということにはならない。彼の手助けをすべきか、邪魔をすべきか、それとも何も手出しすべきでないのか――もう少し何か判らないと判断のしようがない。

スターリッジが建物を見張り、そのスターリッジを僕が見張る、という状況。動きがなくても我慢して張り込みをしなければいけないことは、ワトスン先生の事件記録を読んで理解はしていたけれども、じっとしているのはなかなかつらかった。

　やがて、動きがあった。スターリッジが塀沿いに先へ進み、裏の門から敷地内に入ったのだ。スターリッジがいなくなったので、僕は彼のいた辺りまで進み、耳を澄ます。更に裏門の手前から敷地内を覗《のぞ》くと、スターリッジが建物の裏口をこっそりと開けて、中へ入っていくのがちらりと見えた。目的はどうあれ、中の住人に知られないよう侵入したことは明らかだ。

　いよいよ、僕も判断を下すべき時が近づいてきた。

　今度は僕がスターリッジが張り込んでいた辺りに陣取って、建物の中の様子を窺った。

　その時、室内から人の声が聞こえてきた。話の内容までは判らないけれども、何やら強い口調で男性が言い合いをしているようだ。更には、がたんがたんという物音が聞こえてきた。人が激しく争うような音だ。それが、やがて静かになった。

　スターリッジが入ってから発生したのだから、彼が中にいた人間と口論、格闘になった、というのが順当なところだろう。

　だが、果たしてその結果は？

　僕は、周《まわ》りを見回す。誰もいないのを確認し、決心した。——塀のレンガにでこぼこがあったので、そこに手足を掛けた。そして、えいやと身体《からだ》を引き上げたのだ。

小さい頃から、塀登りはよくやっていたので、簡単だった。塀の天辺《てっぺん》から頭を出す際には、注意した。覗いているのを見つかって、捕まったりしたらたまったものではない。塀の内側、少し離れたところに建物の外壁があった。窓が見えたので、塀の上をゆっくりとそちらへ移動する。慎重の上にも慎重を重ねて、窓の中を覗き込む。すると。

——誰か、人が転がっていた。

ぎょっとして、塀の上から転げ落ちそうになる。人が死んでいるのかと思ったのだ。だが、その人が動いたので、僕はほっとした。

それは、ロープで縛《しば》られた男性だった。更によく見ると——その男性はスターリッジだったのである。

(一体、何が起こっているんだ)

縛られて倒れているスターリッジの前に、別な男が立った。でっぷりと太っているのが、窓の外からでもよく判る。その男が手にしているものを見て、僕は凍りついた。太った男は拳銃を持っており、それをスターリッジに向けていたのだ。

スターリッジが危機的状況にあることだけは、間違いなさそうだった。いつ撃ち殺されても、不思議はない。

これは、緊急的判断が求められる場面だ。

その時、ちらりとスターリッジがこちらを見た。彼はすぐに視線をそらしたけれども、確実に僕に気付いたと思う。じっとこちらを見続けなかったのは、その視線で、拳銃を持った男に僕のことがばれてしまうからだろう。

スターリッジが、やたらとまばたきをし始めた。緊張しているのかな、と最初は思ったけれど、よく見るとパターンがあることに気が付いた。これは、まばたきによる合図だったのだ。二回・二回・一回。二回・二回・一回。その繰り返し。複雑な暗号だったら困るところだったけれど、これは僕にもすぐ判った。いや、僕だからこそ判ったというべきか。

「ベイカー街221Bへ戻れ」と言っているのだ。……戻ってどうする？

もちろん、シャーロック・ホームズさんを連れてきてくれ、と言っているんだ。

もし彼が泥棒だったら、そんなことは言わないはずだ。もしも彼が悪者で、だから捕まったのだとしても、ホームズさんを呼んできて悪いことはない。

僕は伝わるようにと大きくうなずき、地面に飛び降りると、横丁を走り出した。万が一、見つかって僕まで捕まったりしたら万事休すだから、やみくもに突っ走りはせず、誰かが追いかけて来ないか辺りに注意を払いつつ急ぐ。

表通りに出たので、取り敢《あ》えずは一安心した。ここなら、もしも追っ手に捕まりそうになっても、大声を出して助けを求めることができる。そもそも、追っ手の気配はなかった。

僕は全力で街を走りぬけ、ベイカー街に辿《たど》り着いた。221Bの玄関は、鍵が開いていた。よかった、誰か帰ってる。

入ると、奥からハドスン夫人の声がした。

「ビリーったら、どこ行ってたの？　ホームズさんがお待ちよ」

階段を駆け上がって部屋に飛び込む。ホームズさんとワトスン先生が、同時に振り向いた。

「おお、ビリー」とホームズさん。「帰ってきたか。テーブルの上の手紙は読んだ。わたしたちが出かけている間に、来客があったのだな。知っていれば出かけなかったものを……」

そこでホームズさんは、僕のただならぬ様子に気付いたようだった。表情が険《けわ》しくなる。

「……何かあったな」

僕は荒い息が収まるのも待たずに、喘《あえ》ぎながらこれまでの経緯を説明した。アメリカからの訪問者が221Bへ来たところから、彼が監禁されているのを目撃したところまで。

話を聞き終えるや否《いな》や、ホームズさんは言った。

「緊急事態のようだ、今すぐ出発するぞ、ワトスン君。拳銃が必要になるから、忘れずに頼む。ビリー、現地まで案内してくれ」続いて、下に向かって叫んだ。「ハドスンさん！

辻馬車《つじばしゃ》をつかまえておいて下さい！」

ホームズさんとワトスン先生と僕は、ベイカー街から辻馬車に乗った。車中、ホームズさんは僕にもっと詳しい説明を求め、それを一通り聞き終えると、あとは考え込んでいた。目的地が近づいてくると、窓から外を眺《なが》めて何かを探している様子だった。

やがて、ホームズさんはいきなり叫んだ。

「御者《ぎょしゃ》、ちょっと止めてくれ！」

止まるか止まらないかのうちに、ホームズさんは馬車を飛び出した。その先にいたのは、巡回中の警官だった。ゆで卵みたいに色白でずんぐりむっくりな、制服巡査だ。

ホームズさんはその巡査と何やらやりとりをし、うなずいた巡査が走り去ると、馬車に戻った。

「よし。やってくれ」

目的地のある例の横丁の入り口で、ホームズさんは馬車を止めた。そこからは歩きで、僕が道案内する。

「……ここです」僕は足を止め、囁《ささや》き声で言った。

「お前の出番だ」とホームズさんも小声で言う。「もう一度、中の様子を窺ってみてくれ。但し、絶対に見つからないように」

僕は無言で大きくうなずき、塀に登った。今回は、ワトスン先生が下から押して手助けしてくれたので、楽だった。

塀の上から、さっきと同じ窓の中を覗き込む。スターリッジは同じような場所に、やはり縛られたまま倒れていた。だが、違う点があった。頭から血を流していたのだ。そして今、彼の前には一人の男が立ちはだかっている。男は、拳銃を構えていた。

僕は振り返って言った。

「ホームズさん！　スターリッジさんが危険です」

「わかった。突入するぞ、ワトスン君。スターリッジが入った入り口はどこだ、ビリー」

「こっちです」

僕は塀から飛び降り、例の裏口へと案内した。

「ビリー、お前はここにいてくれ。ここで、役目を果たすんだ」

役目ってどういうこと、と聞き返す暇《いとま》もなく、ホームズさんはポケットから呼び子を取り出すと、大きな音で吹き鳴らしながら裏口から突入して行った。

すると、こだまするようにごく近くで別な呼び子の音が聞こえた。その直後に、巡査が現われた。よく見れば、それは先ほどホームズさんが馬車を降りて話をしていたずんぐりむっくりな巡査だった。

僕はようやく、自分の役目を理解した。

「ここです！　ここから入って下さい！」そう叫んで、巡査に向かって手を振った。

更に、この一角を囲むあちこちから、呼び子の音が幾《いく》つも聞こえてきた。それらは、どんどん近づいてくる。別な入り口から逃げられたりしないよう、包囲しているんだろう。建物の中から、叫び声が聞こえてくる。この場所での自分の役割は果たした、と判断し、僕も中へ飛び込んだ。入り口にいろと言われたけれど、ここまで来たら中で何が起こっているのか、自分でも見ておきたい。

通路を奥へ進み、騒ぎの聞こえる方へと足早に向かう。そこへ、向かいから人相の悪い男が走ってきた。

「どけっ」

男は僕を避けようとした。ところが生憎《あいにく》なことに、僕も彼と同じ方向に避けてしまったのだ。おかげで、見事なまでの正面衝突となった。

男も僕も、尻餅《しりもち》をついてしまう。僕はおでこを、男は鼻を押さえた。どうやら身長差ゆえに、男の鼻に僕が頭突きをする形になってしまったらしい。

シャーロック・ホームズさんの声が聞こえた。「巡査、そっちに一人逃げた……。おや、ビリーが足止めをしてくれたようだ。今のうちに、そいつも逮捕してくれたまえ」

ずんぐりむっくりな巡査が駆けつけ、鼻を押さえたままの男に手錠をかけた。

僕は立ち上がって奥の広い部屋へと進んだ。そこは混乱を極《きわ》めていた。

スターリッジは、まだ縛られて床に倒れたままだったけれど、身体を動かしていた。

……よかった、生きていた。僕が間に合わなくて彼が殺されてしまいやしないか、それが一番心配だったのだ。もし彼が死んでいたら、僕は一生後悔していたことだろう。

それ以外にも、手錠をかけられた男たちが数人いた。これが、犯罪者たちということか。

半身をこちらに向けて立っていたシャーロック・ホームズさんが、僕をちらりと見て言った。

「外で待っていろと言っただろう、ビリー。この中は危険な状況だったんだから。だが、お前がノックアウトしてくれたおかげで、下っ端《したっぱ》とはいえギャング一味の男を逃がさずに済んだ。それについては礼を言うよ。初手柄《てがら》だな、ビリー」

どうなっているのかよく分からないけれど、僕は悪者を捕まえる手伝いをしたみたいだ。誇《ほこ》らしい気持ちが、胸の奥から湧いてきた。

そうこうする間にも何人か警官が駆けつけてきて、もう誰かが逃げられるような状況ではなくなった。

ワトスン先生に縄をほどいてもらい、スターリッジが立ち上がった。きつく縛られて血が止まっていたのか、手首をさすっている。

「いやはや、危ないところをありがとうございました、ホームズさん、ワトスン先生」

と、スターリッジは言った。

「間に合って何よりだ」ホームズさんは僕を見てうなずいた。「伝令は、しっかりと役目を果たしてくれたよ」

シャーロック・ホームズさんの前には、スターリッジとは別な男が床に座り込んでいた。さっきスターリッジに拳銃を突きつけていた太っていた男だと、一目で判った。手錠を掛けられていたから、座っているというよりも、座らせられているのだ。

逃げ出さないように、ホームズさんが拳銃を突きつけている。ホームズさんはもう一方の手に持っていた別な拳銃を、近くの警官に手渡した。これが先ほどスターリッジに向けられていた、太った男の拳銃だろう。

このような状況にもかかわらず、太った男はふてぶてしい態度をしている。

彼に向かって、シャーロック・ホームズさんは言った。

「さあ、エンリコ・セラフィーニ、白状しろ。お宝はどこにある」

セラフィーニと呼ばれた男は、何も答えずにそっぽを向いた。

「わたしが代わりに答えましょう」そう言ったのは、部屋の奥に立っていたひとりの男性だった。老人というほどでなく、まだ中年だったが、髪の毛は真っ白だった。

彼の他に、警官ではないけれど手錠を掛けられていない人がもう一人いるのに気付いた。そちらはもう少し若い。この二人は犯罪者ではない、ということか。

白髪《しらが》の男は、室内の一角を指し示した。

「そちらの作業机の足下に、セラフィーニがカバンを置きました。その中に入っています」

作業机の上には手元を照らすためのランプ、固定式の拡大鏡、研磨《けんま》用のグラインダーなどがあった。どうやらここは、何かの工房らしい。

「くそっ」とセラフィーニがはき捨てるように言う。「キャボットめ、裏切りやがって」

「裏切ったも何も」と白髪男――キャボットは言った。「わたしは既に犯罪の世界からは足を洗って、あんたとも縁を切っているんだ、セラフィーニ。それを無理やりに、再び悪の道に引きずり込もうとしたのはあんただ」

「……見つからないぞ」カバンの中を探っていたワトスン先生が言う。

「ああ、セラフィーニは用心深い男ですからね」とキャボット。「カバンは二重底になっています。貴重品は、そこに隠していますよ」

ワトスン先生はメスを取り出し、丁寧にカバンの底を切り開いた。平らな箱が現われ、ワトスン先生がそれを開く。

「あった。これだな、ホームズ！」

箱の中には、きらきらと光を反射する宝冠が鎮座《ちんざ》していた。

「くそっ」セラフィーニが顔を歪《ゆが》めた。「それは俺のものだ。返しやがれ」

ホームズさんはワトスン先生から慎重に宝冠を受け取り、言った。

「セラフィーニ、これはお前が盗んだものかもしれないが、お前のものではないねえ。――この『公爵夫人のティアラ』は」

公爵夫人のティアラ！　ワトスン先生が、新聞の記事で読んでいた事件だ。アメリカで盗まれた宝物が、はるばる英国にまで運ばれてきていたとは。

今回の出来事は、こんなすごい宝物を巡《めぐ》る事件だったのだ。ならば、捕り物がずいぶんと大ごとだったのもうなずける。

その時、ホームズさんは僕に目を留めた。

「ビリー、まだこれから警察へ同行して色々と処理しなければならない。お前は先にベイカー街へ戻って、ハドスンさんに何か軽食を用意しておいて欲しいと伝えてくれ。ほら、馬車賃だ」

そう言って、ホームズさんはお金を渡してくれた。僕はまだホームズさんたちと行動を共にしていたかったけれども、命令ではしかたがない。後ろ髪を引かれる思いをしながら建物を出て、表通りから辻馬車に乗った。

ベイカー街221Bへ戻り、ホームズさんからの伝言をハドスンさんに伝える。

「わかったわ」とハドスンさん。「ホームズさんたちが戻ったら、お茶と何か食べ物を出せるよう、準備しておくわ。サンドイッチがいいかしらね」

それから一時間以上が経過して、ホームズさんとワトスン先生が帰ってきた。お二人は、アメリカからの来訪者も連れていた。

ハドスン夫人は見事なタイミングで、ホームズさんたちが落ち着いた頃合《ころあい》に、お茶のセットとサンドイッチの用意を終えた。僕も、それを運ぶのを手伝う。

「ビリー、お前もお腹《なか》が空《す》いただろう」とワトスン先生。「お前も一緒に食べなさい」

よく見れば、四人で食べても十分な量のサンドイッチが並んでいる。そこまで見越して数を用意してくれたハドスンさんには、感嘆《かんたん》するばかりだ。

僕もすみっこに座ってサンドイッチをぱくつく。美味《おい》しい。

ホームズさんは、あっという間に一人前を平らげる。頭を使って推理している最中は食べ物を遠ざけるホームズさんだけど、事件を解決した時には、結構な量を食べるのだ。

お茶を飲み、パイプに火を点《つ》けたホームズさんが言った。

「それにしても久しぶりだな、ビリー」

ホームズさんは何を寝ぼけてるんだろう、毎日顔を合わせているのに「久しぶり」だなんて。

そう言おうかと思ったけれども、実際に口に出す前に、スターリッジが言った。

「はい、大変ご無沙汰《ぶさた》しました。もっと早くご挨拶《あいさつ》に伺いたかったのですが、忙しくてなかなか時間を取れませんでした」

えっ。どういうこと？

僕が疑問符だらけの顔をしているのに気付いたのか、ホームズさんがこちらを向いて言った。

「そうか、お前は知らなかったんだな、ビリー。そっちにいるスターリッジも、ビリーなんだ。正しくはウィリアム・スターリッジという」

「あ、そ、そうなんですか」

納得したようで、どうも納得できない。

ワトスン先生が、笑《え》みを浮かべながら言った。

「ウィリアム・スターリッジは以前、ここでお前と同じように働いていたんだ。彼は、お前の先輩なんだよ」

混乱する僕は、頭の中を整理した。

「先輩って……僕の前にも少年給仕がいて、しかも『ビリー』という名前だった、ってことですか?」

「そうだ」とワトスン先生。「彼こそ初代『少年給仕ビリー』なんだ。お前、最近わたしの書いたホームズの事件記録を読んでいるが、『恐怖の谷』事件の記録には目を通していないのか? あれは読んでもいい、と言ってあったはずだが」

「それ、結構長いやつですよね? 長いのは苦手《にがて》なんで、短いのから読んでたんです」

「そうか。『恐怖の谷』を読んでいれば、お前ではない『ビリー』が登場することに気付いて、自分が最初の少年給仕ビリーではないと悟ったはずだ」

僕じゃない少年給仕ビリーがいたとは。しかもそれが、目の前にいるウィリアム・スターリッジだったのだ。

スターリッジの方を見ると、彼は笑みを浮かべて言った。

「最初、玄関でぼくを迎えてくれた君を見て、びっくりしたよ。昔の自分みたいだったんでね」

「そういや、僕がビリーだと名乗った時に『いい名前じゃないか』なんて言ってましたね。自分だって、同じ名前じゃないですか」

「自分の名前に誇りを持ってるからね。本心から、そう答えたのさ」

「でも、それなら英国人だってことだから、アメリカから来たとか、ピンカートン探偵社から派遣《はけん》されて来たとかは、ウソだったんですか」

「いや、それは決してウソじゃないんだ」とスターリッジは言った。「ぼくは大人になってから、アメリカへ渡ってピンカートン探偵社へ就職したんだ。今回は、ピンカートン探偵社で追っていた犯罪者が盗品を持ってロンドンに渡ったので、探偵社が探偵を派遣する に当たり、ロンドン出身で土地勘《かん》もあるぼくに白羽《しらは》の矢が立った、というわけさ」

「その犯罪者というのがさっきのセラフィーニで、盗品というのがカバンの底から出てきたティアラなんですね」

「そうだ。とある公爵の夫人は欧州一とも言われる美貌《びぼう》を誇っていたのだが、その美をより引き立たせるために、と宝石細工師に命じて作らせたのが『公爵夫人のティアラ』だ。無数の宝石がちりばめられ、金属部分には精巧《せいこう》な細工が施《ほどこ》されている。正面には『美神の涙』と呼ばれる大粒のダイヤモンドが嵌《は》め込まれているんだ。公爵夫人の死後、それは巡り巡ってシカゴの高級宝石商に買い取られ、店内に飾られていた。ところがある日、宝石店が閉まっている夜間に盗賊が入り、盗まれてしまったんだ。このティアラを取り戻すよう、宝石商はピンカートン探偵社に依頼したんだ」

「その事件には、僕も興味を惹《ひ》かれていたよ」とホームズさんが言った。「ワトスン君、一番新しいスクラップブックを取ってくれるかな。まだ制作中のやつだ」

ワトスン先生が本棚まで歩き、一冊のスクラップブックを取り出して、ホームズさんに差し出した。

「これかい」

「ああ、これだ、ありがとうワトスン君。……あったあった。ほら、ここを見たまえ、ビリー」

ホームズさんが開いて渡してくれたスクラップブックのページには、確かに『シカゴで宝冠泥棒』『宝冠の行方は全く不明』という見出しの記事が貼り付けられていた。

「そこにも書いてあるけれど」スターリッジは続けた。「盗まれたティアラは、公爵夫人が所有していた当時から『歴史的な美術品も同様』と言われていた。そのままで売り払おうとすれば足がつく可能性があるから、宝石がばらばらにされ、ティアラも潰《つぶ》されて単なる貴金属として売り払われてしまうかもしれなかった。大粒ダイヤモンドの『美神の涙』は、分割されてしまう恐れがあった。それゆえ宝石商は『くれぐれも、ティアラが元の形を保っているうちに取り戻して欲しい』と念を押していたんだ。窃盗《せっとう》の規模から単独犯ではなくグループによるものであることは警察の調査でも判明していたのだが、わが探偵社が捜査を進めた末、盗んだのはエンリコ・セラフィーニとその一味だと突き止めた。だがセラフィーニは我々の捜査の手が及びそうだと気付き、盗品と共に身をくらましてしまってね。ようやく、既に盗品を持って海外へ高飛びしてしまったことが判明した。ぼくはそれを聞いて、セラフィーニの向かった先に見当が付いたんだ」

「それはどうしてです？」と僕は訊《たず》ねた。

「セラフィーニの一味には、盗んだ宝石を処分するために加工する作業を担当する、宝石職人がいた。それが、ブライアン・キャボットという男だ。だがキャボットは今では足を洗い、心機一転アメリカを離れて真っ当な宝石職人として働いていた。その移住先がどこだったかというと……」

「ロンドンだったんですね」

「その通り。セラフィーニはシカゴのギャングとして大物だから、以前からピンカートン探偵社ではマークしていた。その監視範囲はセラフィーニの周囲にまで及び、キャボットの居場所も把握していたのさ。昔のよしみでセラフィーニが接触する可能性も考えられたからね。それに気付いたぼくは、探偵社に進言した。場所が場所なのでホームズさん宛ての協力要請の電報と、もう一本の電報を打った上で、一番早い大西洋横断の船に飛び乗った、という次第さ」

「その、ホームズさん宛ての電報が、届いてなかったんですね」と僕は言った。

「そうなんだ。よりにもよって、こんな時にね」

「もう一本は、どちらへ？」と僕は訊ねた。

「リックマンという人物宛てだ。さっきの逮捕劇の現場で、キャボットの他にも捕まっていない人間がひとりいただろう？　あれがそうだ。リックマンはキャボットがロンドンへ移ってから雇《やと》った下働き、というか弟子でね。ピンカートン探偵社は、キャボットの情報を得るために、以前からリックマンに接触していたんだ。そのリックマンに緊急の連絡をして、セラフィーニからキャボットに連絡があったらぼくに知らせるように、と指示したんだ。ロンドンでのぼくの連絡先は、申し訳ないけれども勝手ながらベイカー街２２１Ｂのホームズさん気付にさせてもらったのさ。ところが、英国に上陸して一直線にここを目指して来てみれば、なんと電報が届いていない。ホームズさんが在宅していればさして問題がなかったが、そんな時に限ってお留守ときた。しかも、そこへリックマンから急報が届いて、今日、セラフィーニが工房へ来ることになった、と知らせてきた。ぼくの見込みが当たったのはいいが、タイミングは最悪だった。困りきった末、ずっとぼくのことを怪しんでいるらしい君に、協力してもらおうと考えたんだ」

「なんだ、それだったら、最初からそう言ってくれればよかったのに」

「でも、君はぼくの正体に疑念を抱《いだ》いていたんだろう。だから逆に、その疑念を利用させてもらうことにしたんだ。君は責任感が強そうだったから、怪しませたままにしておけば、ぼくを尾行するだろう。そうなれば、いざという時の伝令の役を果たしてくれるはずだ。果たして、ぼくの期待通りに行動してくれたよ。改めて、礼を言う。久々にここを訪ねたら、自分と同じ役割の少年が今でもいることが判って、本当に嬉しかったよ。しかも君は、ホームズさんの給仕という職務を、立派に全《まっと》うした」

「じゃあ、尾行してることは最初からばれてたんですよね」

「してくれることを期待していたわけだからね。そうでなければ気付かなかったかもしれない、立派な尾行だったよ」

「グレグスン警部が歩いてきた時に横丁に入ったから、探偵社の人なのに警察を避けるなんて怪しい、やっぱり犯罪者に違いないと思っちゃいましたよ。あれは僕を騙《だま》そうとして？」

「いや、そういうわけじゃないよ。ぼくがここで少年給仕をしていた頃にグレグスン警部は何度も訪ねてきているから、顔を覚えられている。大人になったとはいえ、気が付いて『ビリーじゃないか！　久しぶり！』とか言われてしまったら、面倒だからさ。キャボットの工房のある横丁に入ってからは、逆に君がついてきていることを確認しながら、歩いていたんだ」

「こちらは、確認されてることに全く気が付きませんでした」

「工房の中を窺うと、セラフィーニとその部下たちは、既に到着していることが判った。キャボットがどう対応するかは不明だったが、『公爵夫人のティアラ』がばらばらにされることは避けねばならない。リックマンが裏口の鍵を開けておいてくれたので、頃合を見《み》計《はか》らって建物の中へ入った。セラフィーニに気付かれずに入り込むことができたので、身を隠したまま、耳を澄まして会話を盗み聞いた。すると、ありがたいことにキャボットはティアラの加工を拒否していた。もう犯罪からは足を洗ったので、盗品売買に手を貸すことはしたくなかったのだ。セラフィーニは最初は懇請《こんせい》していたけれども、途中から声を荒らげ、脅迫し出した。遂《つい》には、拳銃を取り出して、キャボットに突きつけた。こうなっては、キャボットも抗《あらが》えない。命惜《お》しさに、ティアラを前に工具を取り出した。今度はぼくの番だ。そのまま隠れているわけにいかなくなり、『ちょっと待ってもらおうか』と言いながら、姿を見せた」

「よく、いきなり撃ち殺されませんでしたね」

「幸いにも、ぼくの顔はセラフィーニに知られていなかった。そこでぼくは、『公爵夫人のティアラ』の噂《うわさ》を聞きつけた故買屋《こばい》のふりをしたんだ。顧客《こきゃく》に『公爵夫人のティアラ』を欲しがっている人物がいるから、バラすのはちょっと待ってくれ、と言ってね。セラフィーニは『どこから入ってきやがった』と怒って飛び掛かってきたけど、それこそこちらの思う壺《つぼ》だった。ぼくとしては、なるべく物音を立てて、君に聞かせたかったからね。ぼくはなるべく派手に抵抗して、ものをひっくり返した。殺されては意味がないから、最後には降参したけれどもね。セラフィーニはぼくを縛り、自由を奪ってから、『その顧客とは誰だ』『どこにいる』『どうやって連絡を取る』『いくらまで出せるんだ』と、問い質《ただ》した。セラフィーニは金儲《もう》けが大好きだから、ぼく抜きで顧客と直接やりとりして、可能な限り大枚《たいまい》を自分の懐《ふところ》に入れようと考えたんだろうな。ぼくはそれをうまくはぐらかし、ごまかして、時間稼ぎをした。君がシャーロック・ホームズさんを連れてきてくれると、信じていたからね」

「まばたき信号の『221』ですね。すぐに判りましたよ」

「君でなければ、あんなに簡単にいかなかったのは確かだ。セラフィーニがしびれを切らしかけていたところだったから、本当に助かったよ。頭を殴《なぐ》られた挙句《あげく》、拳銃を突きつけられた時は、さすがに青くなったけどね」

スターリッジはホームズさんとワトスン先生へと向き直った。

「ホームズさん、間に合うように来て頂き、ありがとうございました。ワトスン先生、悪党どもの逮捕にご協力下さり、ありがとうございました。お二人の姿が全然変わってらっしゃらないので、涙が出そうになりましたよ」

　ホームズさんは、にっこりとすると言った。

「こちらは逆に、君がすっかり立派になっていたので嬉しかったよ、ウィリアム。たとえ、縛られて床に転がっていてもね」

「いやだなあ、ホームズさんてば」スターリッジは頭をかいた。

「ああ、そうだ」

　ホームズさんは立ち上がると、テーブルの上から『公爵夫人のティアラ』の入った箱を取り、スターリッジに差し出した。

「これは君が依頼人のところへ持って行きたまえ、ウィリアム」

「えっ。でも、今回はホームズさんの手柄じゃないですか」

「君はピンカートン探偵社の一員としてロンドンに派遣されてきたんだ。ロンドンの探偵に横取りされて、手ぶらで帰る、というわけにはいくまい。そもそも、君が関係していなければ、この一件に関しては手を出すつもりはなかったんだ。いいから持って行きなさい」

　ホームズさんに押し付けられるようにして、スターリッジは宝冠の箱を受け取った。

「ありがとうございます。正直言って、すごく助かります。昔、ホームズさんが事件を解決したのに、スコットランド・ヤードの手柄であるかのように新聞に書かれたりすると、腹立たしく思えたものですが、自分が組織に所属する立場になってみると、ヤードの警官の気持ちも少し分かるようになりました。でも、ぼくはちゃんと『英国の名探偵シャーロック・ホームズ氏の協力により、ピンカートン探偵社は〝公爵夫人のティアラ〟を取り戻すことに成功した』と発表しますよ。かえってその方が、探偵社のPRになるぐらいです。ホームズさんとのつながりを、強調できるんですから」

「本当はそういうことこそ遠慮しておきたいところだが、探偵社ではなく君のためになるのなら、いいことにしよう」

「ありがとうございます！」

嬉しそうなスターリッジに、僕は言った。

「ひとつ、お訊きしてもいいですか。どうして、ピンカートン探偵社に入ろうと思ったんですか？」

「ぼくはここで給仕として働いている頃、ホームズさんからはそんなに危険でない仕事ばかりさせられて、ちょっとつまらないな、と思っていたんだ。ホームズさんみたいに、悪者を追いかけたかったんだ。尾行も命じられる、イレギュラーズが羨《うらや》ましくてねえ」

ああ、僕と全く同じだ、と思った。

スターリッジは続けた。「そんな折、『恐怖の谷』事件で、アメリカにはピンカートン探偵社というものがあることを知ってね。自分の頭の出来ではシャーロック・ホームズさんになることはできないけれども、ピンカートン探偵社に入れば、探偵の一員として働くことができる、そう思ったんだ。大人になったら、入ってやろう、と心に誓ったんだよ」

「でも、わざわざアメリカに渡らなくても、スコットランド・ヤードに勤めればよかったんじゃありませんか？」

「うーん」スターリッジは、口元を歪めつつ唸った。「ヤードも考えないでもなかったけれど、ほら、君にも分かるだろう。ホームズさんと活動していると、ヤードにはあまりいい印象がなくてねえ」

確かに、心当たりがあった。

「それは、スコットランド・ヤードがホームズさんの手柄を横取りしちゃうからってことですか？　それとも……見当違いの捜査をする役立たずが多いから、ってことですか？」

「はっきり言うね」スターリッジは苦笑した。「まあ、ぼくもはっきり言うなら、その両方だね。アセルニ・ジョーンズ警部みたいに、ホームズさんのことを馬鹿にしているくせにいざという時には頼ってきて利用しようとする警察官は、あまり好きじゃなかった。レストレード警部とかマクドナルド警部みたいに、裏表がなくてホームズさんと馴染《なじ》みの警官もいたけどね。とにかく、ピンカートン探偵社の方が、イメージ的にマイナス点が少なかった、ということさ」

「ふうん」

スターリッジは、その時に僕が考えていたことを見透かしたのか、こんなことを言った。

「君がぼくと同じような考えの持ち主だったら、将来、ピンカートン探偵社に入りたまえ。もし本当に入りたいと思うなら、口利《き》きをするよ」

「わかりました。大人になって、そう考えたらお願いします。……あ、僕は探偵になったとしても、悪者に捕まって縛られて、拳銃を突きつけられたりしないようにしたいと思います」

スターリッジは頭をかいて苦笑いし、ホームズさんとワトスン先生はどっと笑った。

僕はふと思い出して、ホームズさんに言った。

「そういえばホームズさん。こっちのことで頭が一杯ですっかり忘れてましたけど、レストレード警部が持ち込んだストーク・ニューイントンの殺人事件の方はどうだったんですか?」

「ああ、あれは大したことなかった。死体の周囲に全く足跡が残されてないというから行ってみたが、僕が拡大鏡で調べてみれば証拠だらけだった。別室はきれいに掃除されていてね。そちらの埃《ほこり》を集めて、ふるいで足跡に振りかけて消したのだということが一目瞭《いちもくりよう》然《ぜん》だった。全く、警察はどうして二つの証拠を結びつけて考えるということができないかねえ。更に僕が関係者から話を聞いて、使い込みをしていた銀行員が犯人だと、すぐに判ったよ。過大な期待をせずに行って、正解だった」

「そうだったんですね。よかった」

「真相が明らかになったところで、後はレストレード警部に任せて早々に帰ってきたら、ハドスンさんから『ビリーがいない』と聞かされたんだ。テーブルを見たら僕宛ての手紙が残されているじゃないか。それを読み、ウィリアムが来ていたのだと判った。そこへお前が帰って来て……あとは知っての通りさ」

「じゃあ、事件の無事解決と二人のビリーの対面を祝って、乾杯しようか」とワトスン先生が上機嫌で言った。「ハドスンさんにシャンパンを持ってきてもらおう」

「いえ、そういうことでしたらシャンパンよりも、是非それを使ってウィスキーのソーダ割りを飲ませて下さいよ」とスターリッジが炭酸水発生装置《ギャソジーン》を指し示した。「昔、それに憧《あこが》れてましてねえ」

「いいとも」

シャーロック・ホームズさんが手ずからウィスキーのソーダ割りを三つ作って、スターリッジとワトスン先生に手渡した。

「ビリー、君はウィスキーのソーダ割り、ウィスキー抜きだ」

そう言って、ホームズさんは僕にもグラスを渡してくれた。

それってただの炭酸水だよ、と思ったけど、乾杯に参加できるのは嬉しかった。特に今回は、自分も事件解決に直接貢献《こうけん》した、と胸を張って言えるから。

僕が将来何になるかはまだ分からないけれど、今日という日のことは決して忘れないだろう。

四つのグラスがぶつかり、かちりと音を立てた。

第四話

ディオゲネス・クラブ最大の危機

マイクロフト・ホームズ

ペル・メル街の住まいで私は、最新の『ストランド・マガジン』のゲラ刷《ず》りをめくっていた。これが私の手元に届いていることは、密《ひそ》かに届けている当人——印刷所に勤めている人間である——以外には、誰も知らない。

私は何も、これを誰よりも早く読みたくて、届けさせているわけではない。検閲《けんえつ》しているのだ。今号も、弟シャーロックの事件記録が、ワトスン博士の脚色たっぷりな筆致で描かれていた。この連載が始まって以来、あちこちでシャーロックの噂《うわさ》を聞かされて、少々閉口していた。「あなたが、あのシャーロック・ホームズのお兄さんですか」などと言われることすらある。

そこで私は、ワトスン博士が余計なことを書いていないか、雑誌が流布《るふ》してしまう前に確認するようにしているのだ。

ものの一分ほどで、事件記録を読み終える。常人からすれば、ただページをぱらぱらとめくっていただけにしか見えないだろうが、それだけの時間があれば私には十分なのだ。

溜息《ためいき》をつき、ゲラ刷りをサイドテーブルの定位置に置いた。特別な問題点はなかったものの――これはほぼ毎度のことだが――純粋な論理の記録であるべき文章に、ワトスン博士はメロドラマを混ぜ込んでしまっている。恐らく、弟もこの文章にはいい印象を持っていないだろう。

その時、呼《よ》び鈴《りん》が鳴った。訪問者は、一通の封筒を届けにきたメッセンジャーだった。私は受け取った封筒から便箋《びんせん》を取り出して、文面に目を通し――即座にドレッシング・ガウンを脱いで、外出着に着替え始めた。上着のボタンがきつい。また少し、以前より太ってしまったようだ。動き回るのが大嫌いで、自宅と仕事場とクラブ、狭い範囲にあるその三か所しか行き来しないのだから、当然の報《むく》いだ。

しかし身支度《みじたく》は、すぐに整った。世間一般では、怠惰《たいだ》な人間は日常生活で乱雑にしているものだろう。だが、それは中途半端に怠惰だからだ。怠惰の極《きわ》みにある人間は、整理整頓《せいとん》に努めるのである。何故《なぜ》ならば、散らかしていると物の場所が分からなくなって、それを探し回らねばならない。だから私に言わせれば、乱雑をよしとする人間は、まだまだ怠惰の度合いが足りないのだ。私のように徹底的に怠惰な人間は、しなくてもいい「物を探す作業」など極力避けたいと考える。よって、私の部屋は完璧に整頓されており、物の場所は全て把握している。「あれはどこへ行った」などと探す手間は不要だ。かくのごとく、真の怠惰とは合理的なものなのである。

私は住まいを出ると、馬車をよけながらペル・メル街を横切り、向かい側の建物へと入った。——ここそ、私がメンバーとなっている「ディオゲネス・クラブ」なのである。玄関口からホールを通り抜ける。ガラスのパネル越しに、豪奢《ごうしゃ》な内装の室内でゆったりと椅子に座り、タバコの煙をくゆらせながら無言で新聞を読んでいる面々が見えた。私もそれに加わって一服したいのはやまやまだったが、今はそれどころではない。

そこへ、執事のウィンターズが現われた。六十代半《なか》ばで白髪だが、細身で背筋は伸びている。空気のように、気がつけばそこにいる。執事の理想像だ。ディオゲネス・クラブの全てを心得ている人物で、彼抜きでこのクラブは立ち行かない。

右手の人差し指を立てて合図をすると、執事は黙ったままうなずいてその場を去った。

ペル・メル街に面するこぢんまりした部屋に入って待っていると、ほどなく一人の人物が部屋に入ってきた。恰幅《かっぷく》がよく、腹回りは私よりも大きいかもしれない。頬《ほお》の肉が少し垂れているが、顎《あご》はがっしりとしており、ブルドッグのような印象だ。のしのしと歩く姿は迫力に満ちており、彼が何者であるか知らずとも、思わず道をあけてしまうだろう。

——サー・ヴァレンティン・アンダーウッドである。代々政治家を輩出し、何世代にもわたって英国の舵取りに携《たずさ》わってきたアンダーウッド家の現当主だ。彼は今も、新たな植民地関税法案を通そうと、内外の関係者と折衝《せっしょう》を続けているところだった。書き物をしている最中だったらしく、開いた帳面を手にしている。

向かい合って腰を下ろし、私は口を開いた。今日、ディオゲネス・クラブに入って、初めて発する言葉である。それはもちろん、このクラブでは今いる「非会員面会室」以外では喋《しゃべ》ることが禁じられているからだ。

このディオゲネス・クラブは、内気だとか人嫌いだとかが理由で「人付き合い」を避けたい人間ばかりが集まる、ロンドンで一番、非社交的なクラブなのだ。よって、普通の部屋では会話も禁止なのである。

「二百三十五万四千十二です」

「何だって」サー・ヴァレンティンはもじゃもじゃな眉毛を寄せた。

「それですよ」私はサー・ヴァレンティンが片手に持っている帳面を指差した。「計算の途中だったのでしょう。合計で二百三十五万四千十二ポンドです」

サー・ヴァレンティンは目をむいた。「君は一瞬でこの帳面に何が書いてあるかを読み取った上で、その合計金額を暗算したというのか。これは植民地関税法案に関する、重要な計算だぞ」

「一目瞭然《いちもくりようぜん》ですから。手間を省《はぶ》いて差し上げました」

「……全く油断ならぬ男だな。だからこそ、君に依頼するのだが」

「これのことですね。どういう意味か、ご説明頂《いただ》けますか」

私は懐《ふところ》から便箋を取り出し、テーブルに置いた。そこには、このように書いてあった。

「ディオゲネス・クラブ、最大の危機なり。すぐ来られたし。サー・ヴァレンティン・アンダーウッド」

サー・ヴァレンティンはそれにちらりと目をやると、低い声で言った。

「そこに書いてある通りだ。今、我らがディオゲネス・クラブは史上最大の危機に襲われている。それを解決できるのは、マイクロフト・ホームズ、君だけだ」

「……一体、何事ですか」

サー・ヴァレンティンは深い溜息をつき、ぽつりと言った。「入会希望者だ」

私はすぐに事態を察した。このクラブにだって、入会希望者が現れることはある。だから、入会希望者が現れたこと自体が問題なのではなく、その入会希望者が問題なのに違いない。

だが犯罪歴のある輩《やから》などならば、それを理由に拒否できるはずだ。——拒否はできず、しかし問題のある人物というと。

「女性ですか」

「さすが、君は察しがいいな。その通りだ」

私は思わず唸《うな》った。我らがクラブに「女性厳禁」という会則はない。だがそれは、会員は男性であることが会則に謳《うた》うまでもないほど当然だったからだ。これまでの歴史を顧《かえり》みても、会員は男性のみだった。ディオゲネス・クラブのメンバーは皆、何者にも邪魔をされずゆったりと寛《くつろ》ぐためにここへやって来る。なのに女性がいたりしたら、何もかも台無しになる。——これは確かに、クラブ最大の危機である。

「どこのどなたです」

「ミス・ガートルード・ティレットだ」

私は腕組みをした。なるほど、これは確かに断るのが難しい。ミス・ガートルード・ティレットというのは、単に上流階級の女性であるというだけでなく、確か、遠縁ながらも英国王室と血のつながりがあるはずだ。

「彼女の父親は、アルドヘルム・ティレットでしたね」

「うむ、そうだ」サー・ヴァレンティンはうなずいた。「故アルドヘルム・ティレットは、我らがクラブの一員だった。彼女は、ディオゲネス・クラブのメンバーであるということを大いなる名誉と捉《とら》え、それを引き継ぎたいと考えたのだよ」

このクラブは、メンバーになりたくとも、誰でもなれるというものではない。まず、クラブのメンバーの推薦が必要だ。但《ただ》し亡くなったメンバーの子どもは、この推薦が免除される（今回はこれに該当する）。入会の希望が提出されれば、それをクラブ運営メンバーが検討する。身元の不確かな者は、ここでふるい落とされる。その後面談が行われ、非社交的な人柄であることが確認される。更《さら》に試験的な入会が行われ、クラブ内での発言禁止などの事項をきちんと守れるかがテストされる。これにパスすれば審議にかけられるのだが、ティレット家の娘とあらば、反対はし難《にく》い。つまり彼女自身が何か失敗をしない限り、入会を認めざるを得ない可能性は大なのだ。

ひとつ咳払いをして、サー・ヴァレンティンが改めて口を開いた。「ミスター・マイクロフト・ホームズ。私はディオゲネス・クラブ運営メンバーを代表し、君にガートルード・ティレット嬢の入会阻止《そし》の密命を下す。これはクラブ外の何者にも知られてはならない。失敗は許されない」

「……委細《いさい》承知です」

サー・ヴァレンティン・アンダーウッドは深い吐息をつき、ぐったりと椅子にもたれかかると言った。「本当に頼んだよ、ホームズ君」

彼の魂からの言葉に、私は大きくうなずいた。

私は肉体的な運動を好まず、自ら動き回ることは極力忌避《きひ》する。重大な事件が発生した際には、弟シャーロックに調査を頼むようにしている。だが今回は「クラブ外の何者にも知られてはならない」という条件が付いている。そもそも、犯罪事件ではないから、シャーロックに託すことはできない。私自らが、足を動かさねばならないのである。……今度は、私が深い吐息をつく番だった。

何はともあれ、一番手近なところから始めることにした。まずは執事のウィンターズを呼ぶ。

「何の御用でしょうか、ホームズ様」と、現われたウィンターズが言う。

「フィッシュ・アンド・チップスは旨《うま》かったかね、ウィンターズ」

「……ホームズ様には、何も隠せないですね」

ウィンターズは平然としている。

「忙しくて食事をとる暇もなくて、フィッシュ・アンド・チップスをすぐ近くの店で買ってきて食べたのだな。僅《わず》かだが、指に油が残っているぞ。気をつけ給え」

「ご指摘、ありがとうございます」ウィンターズはハンカチを取り出して指を拭《ふ》いた。

「ですが、わたくしを呼ばれたのはそれを伝えるためではございますまい」

「インゴールスロップ氏を呼んでくれ」

「承知致しました」

ウィンターズが、すっと部屋から去った。やがて、ひとりの老人が非会員面会室に入ってきた。

その男性は髪こそ真っ白だが眼光は鋭く、動きも歳《とし》の割に鈍重《どんじゅう》なところがない。小柄だが、醸《かも》し出す存在感が大きいので、初めて会った人物は彼の背が低いことにすぐには気付かないだろう。火の点《つ》いたブライアーのパイプを手にしている。我らがクラブの古株、パトリック・インゴールスロップ氏である。英国の金融界の元締めのひとりで、彼の動向が英国経済を左右させることすらある。先ほど、ゆったりとパイプを吸っていた人物だ。いつもの生活パターンから外されたのが私だけではなくなったがゆえ、私はいささかなり溜飲《りゅういん》を下げることができた。

口を開こうとした矢先に、インゴールスロップ氏に機先を制されてしまった。

「儂《わし》に関する君の推理は聞かせてくれんでいい。本題に入ってくれ」

本当は彼のメイドに関する事実を指摘するつもりだったのだが、言われた通りにすることにした。

「インゴールスロップ殿。あなたは故アルドヘルム・ティレットと仕事上の付き合いがありましたね」

「うむ」とインゴールスロップ氏はうなずいた。「とはいえ、ここはディオゲネス・クラブだからな。こちらでは、ほとんど言葉を交わしたこともない。かえって、意図的に距離を置いていたぐらいだ」

「それでも構いません。彼自身について、ご存じのことを教えて頂けますかな」

「アルドヘルム・ティレットの祖先は、十八世紀前期に大きな勲功《くんこう》を立てて、国王の娘を妻に迎えたことで有名だ。アルドヘルム・ティレット本人も、クリミア戦争に従軍し、軍功を立てた。その後、軍需《ぐんじゅ》産業で大きな財を成した。三年ほど前に亡くなり、家督《かとく》は長男であるパーシヴァルが継いでいる――といったところかな」

「パーシヴァルの妹、つまり故アルドヘルムの娘であるミス・ガートルードについてご存じのことは」

「ミス・ガートルードは貧民への慈善活動に努め、勤労婦人への援助も行っているらしい。ヴィクトリア女王陛下の覚えもめでたく、エドワード王子の花嫁と目《もく》されたこともあった、と噂に聞く。エドワードは乗り気だったが、ミス・ガートルードの側は遊び人として知られるエドワードを気に入らず、ヴィクトリア女王に直接断った――とこれもまた噂だ。彼女のそんな正直さゆえに、ヴィクトリア女王はかえってお気に召してしまったとか」

　良いお嬢さんらしいではないか。私は経歴上の瑕疵《かし》を求めていたのだが、残念ながらそう簡単には行かないらしい。

　では、彼女の兄弟はどうか。

「今の当主であるパーシヴァル・ティレットについては？　父の跡を継ぐべく、ディオゲネス・クラブに入ろうとしたりしなかったのでしょうか」

「いや」とインゴールスロップ氏は首を振った。「彼はこのクラブに入りたがるような性格ではない。確か……タンカーヴィル・クラブの会員になっていると聞いた気がするな」

私は心の中で思わず罵《ののし》りの言葉を発してしまった。タンカーヴィル・クラブは、ある意味ディオゲネス・クラブの対極にあるクラブだ。メンバー同士の活発な交流を目的としており、その手段としているのがカード賭博《とばく》である。ソリティアのような一人でのカード遊びならば私もやらないでもないが、タンカーヴィル・クラブではプレイしながら互いに交流し、会話を弾《はず》ませることが義務付けられている。――どうやらパーシヴァル・ティレットは、趣味や嗜好《しこう》が父親とは正反対らしい。

さて、タンカーヴィル・クラブ行きからは逃れられないようだ。しかし、社交的なクラブとはいえども、メンバーではない人間がいきなり訪ねて、はいどうぞと入れてもらえるわけはない。

そこで私は礼を言ってインゴールスロップ氏を解放し、ディオゲネス・クラブの奥まった一角へと進んだ。ここに、クラブの図書室があるのだ。入るなり、林立する書棚がこちらを威圧してくる。古い書物の匂いが、鼻を包む。決して嫌いではない匂いだ。

書棚は壁面沿いだけでなく、室内に何列にも並んでいる。書棚の高さは天井近くまであり、ハシゴがかけられて、登れるようになっている。私の場合、上の方の本を取る際にはウィンターズの手を煩《わずら》わせねばならない。

その書棚には、貴重極まりない本がずらりと並んでいる。中世の写本まである。骨董《こっとう》的な意味で高価な本ばかりではない。どこにも売っていない、内容的に外部には出せない――出せば確実に問題が発生するような――本も蔵されているのだ。

私は書棚の間を歩いて、図書室の一番奥まで進んだ。そこには、両開きの扉が付いた骨董品のような書棚が鎮座《ちんざ》していた。彫刻の施《ほどこ》された扉に鍵穴があることから一目瞭然な通り、この書棚には錠が掛かっている。鍵は、ディオゲネス・クラブ会員の中でも、運営に携わっている者たちしか持っていない。私はポケットから鍵束を取り出してその中から小さな鍵を選び出し、鍵穴に差し込んで一回転させた。かちり、という小さな金属音とともに、扉が開いた。鍵を差したままで大きく扉を開け放つ。そこには、内容的に危険極まりない禁書の類《たぐい》が並んでいた。中身が世間一般に知られたら国家が転覆《てんぷく》しかねない、我が国の闇の歴史を記《しる》した『イングランド、ウェールズ、スコットランド、アイルランド秘史』。表向きは別な死因となっているが、実は王室の命令によって暗殺された人々が記録されている『暗殺名簿』。無名の予言者が記したという、二十世紀末までの我が国の歴史が綴《つづ》られた『英国未来記』。並の人間が読んだらたちまち発狂してしまうと言われる『無限世界の書』……。

しかし、今の私の目的はそれらではない。私の求める本は記憶通りの場所に納まっていた。手を伸ばし、その本を取った。表紙に記されている題名は――『ロンドン・クラブ名鑑』である。

この本は、市販されている本ではない。印刷されたものですらない。ページを開くと、そこには手書きの文字が連なっている。ところどころ、線を引いて名前が消されたり、新たなインクで名前が書き足されたりしている。どんなメンバーがいるかを明らかにしていない秘密クラブとて、例外ではない。所属していることが世間に知られたら、大スキャンダルになるような危険なクラブであろうとも。

Tのページをめくり、すぐに「タンカーヴィル・クラブ」は見つかった。名前の羅列《られつ》を、人差し指で追っていく。パーシヴァル・ティレットの名前もあった。当然ながら、ディオゲネス・クラブと重なるメンバーなどひとりたりといない。私と付き合いのある人間も、見当たらない。そもそも、社交的な人付き合いをしないからこそ、私はディオゲネス・クラブに所属しているのだ。

私の指が止まった。ルイス・オーウェン。これは好都合な人物が見つかった。

私は本を元通りに仕舞《しま》って鍵を掛け、図書室を後にした。そのまま、ディオゲネス・クラブを出る。滅多《めった》に動き回らない私ではあるが、動くべき時には俊敏に動くべし、をモットーとしている。その方が、動き回る時間も少なくて済むからだ。

とはいえ、歩いて移動するつもりは毛頭《もうとう》ない。表通りで辻馬車を捕まえ、タンカーヴィル・クラブの住所を告げた。大した距離ではなかったので、すぐに到着する。

タンカーヴィル・クラブに入り、ホールに出てきたまだ若い執事に「ルイス・オーウェンを呼び出してくれたまえ。私は――M・Hだと伝えてくれ」と頼んだ。

執事が引っ込んで待っている間に、周囲を見回した。ギリシャ風の胸像が幾《いく》つも飾られており、おそらくひとつひとつは高価なものなのだろうが、それらのごてごてした並べ方は悪趣味だった。

やがて、三十代の赤毛の男性が不審そうに奥から出てきた。見覚えのある顔だった――ルイス・オーウェンである。

彼は最初こそじろじろと私を眺《なが》めていたが、途中で気付いたらしくはっとなった。たちまち、態度が変わる。

「ミスター・マイクロフト・ホームズ……ではございませんか。ミスター・ホームズがわたしごときに用事とは、しかもわざわざここまでお越しになるとは、一体いかような重大事でしょうか」

このオーウェンというのは、私と同じく政府の役人なのである。上司と部下という関係にはないが、お互いに名前と顔ぐらいは知っている。

しかし彼の反応は、まるで私が大臣か何かであるかのようだ。本当の小役人である彼とは違い、私は政府の政策を決定するような立場にあるとはいえ、肩書き上はさほど偉くはないのだ。私は厳《きび》しい顔を保ちつつ、心の中で苦笑した。今回は、彼の私に対する〝畏敬《いけい》の念〟を利用させて頂くことにしよう。私は意図的に重々しい声を出した。

「非常に重要、かつ内密の案件だ。君に協力を要請する。前もって言っておくが、絶対に他言は許されない」

ごくり、とルイス・オーウェンが唾《つば》を飲み込むのが分かった。

「は、はい。了解です。わたしは何をすれば？」

「簡単だが、君にしかできない用件だ。確認するが、君はこのタンカーヴィル・クラブのメンバーだな？」

「ええ、そうです」

「よし。ならば、私を君の同伴者として、今日だけクラブに入らせてくれたまえ」

彼が先刻以上に大きく喉《のど》を鳴らした。

「何かこのクラブに内偵でしょうか？　確かにカード遊びはしていますが、問題になるようなことは……」

何か法に抵触しかねないことをやっているな、と私は看破《かんぱ》した。だが、別な目的がある。

「私の目は節穴ではないぞ。しかしそれについては主眼ではないので、今回は大目に見る。……このクラブにパーシヴァル・ティレットという人物がいるな？」

ルイス・オーウェンは大きく安堵《あんど》の溜息をついてから言った。

「はい、おります」

「今日は来ているかね」

「ええ、来ております。正《まさ》に、わたしと同じカード・テーブルを囲んでいる最中です。いま、わたしがここに出てくるために休憩にしてもらっていますが」

「それは実に好都合だ。では、今から奥へ案内して、私を紹介してくれ。カード賭博好きな知人なのでここへ招待した、ということにして。で、君は急用が出来たので去らねばならず、代わりに私がカード・テーブルにつく、ということにするんだ。いいな。あと、私は念のため偽名を名乗る」

「わ、わかりました」

　私はルイス・オーウェンに従い、長い廊下を進んだ。廊下の壁にも絵画が掛けられていたが、これも統一性がなく、私の趣味には合わなかった。

　廊下を突き当たり、喫煙室へ入った途端、もうもうたるタバコの煙に巻かれた。男たちが、タバコを吸いながらカード・テーブルを囲んでいる。どのテーブルでも、ホイストやポーカーが行われていた。一人足りないテーブルに座って、手持ち無沙汰《ぶさた》な様子だった三人の男性は、私たちが近付くなり顔をこちらに向けた。そのうちの一人、まだ二十代半ばぐらいの黒髪の青年が言った。

「遅かったですね、オーウェンさん。……その方は」

「わたしのお客さんだよ。彼はカード好きな知り合いでね。いい機会なんで、このクラブに招待したんだ」

私には、外見からの推理および消去法で、誰がパーシヴァル・ティレットかはとっくに判《わか》っていた。いまメンバーが欠けているテーブルはひとつだけで、ルイス・オーウェンはパーシヴァル・ティレットと「同じカード・テーブルを囲んでいる最中」だと言っていたから、この三人の中にパーシヴァル・ティレットがいることは間違いない。一人目は、年齢が五十歳ぐらいであり、明らかにアルドヘルム・ティレット氏の息子にはそぐわない。二人目は、その振る舞いや鋭い目付きから、軍人だと判断できたし、四十歳ぐらいだから、これも違う。よって、三人目の若い男、いまルイス・オーウェンに話しかけた人物こそ、パーシヴァル・ティレットに違いない——と推測できていたのだ。

「ほう」と軍人が言い、私をじろじろと眺めていた。信用に値《あたい》しそうか、品定めしたのだろう。

「それで」とルイス・オーウェンが言った。「唐突な話で申し訳ないんだが、急遽《きゅうきょ》、仕事場に呼び出されてね。ちょうどいいから、わたしの後をこのお客さんに引き継いでもらっても、構わないだろうか。彼の名は……」

「マイク・ホルボーンという者です」と私は間髪《かんはつ》いれずに名乗った。「お見知りおきを」

「オーウェンの紹介なら良かろう」と軍人が言った。「一刻も早く続きをやりたい。君らもいいだろう?」

パーシヴァル・ティレットも、もう一人の男も、賛意を示した。私はカード・テーブルにつき、振り向いて言った。

「ではオーウェン、また今度」

早く行け、という意味合いだ。ルイス・オーウェンは無事に私の意図を受け取り、そそくさと立ち去った。

軍人はプレンダーガスト少佐、若者はもちろんパーシヴァル・ティレット、そして残る一人はマイケル・D・ニコルズと名乗った。そしてポーカーの勝負が始まった。

プレンダーガスト少佐は強気のプレイだった。正に軍人らしい、と表現できた。

パーシヴァル・ティレット青年は、純粋にポーカーを楽しんでいる、という印象だった。その分、自分の手が顔に表われてしまう。

あと一人、マイケル・D・ニコルズは、知的ゲームとしてポーカーをプレイしている、という様子だった。

ゲームを続けるうちに、ふとおかしなことに気がついた。カードの流れに、違和感を覚えたのだ。数学的、統計学的にカードの流れに不自然さがある。誰かが、意図的に操作している。

――イカサマだ。

私はカードの流れに逆らわず、身を任《まか》せ、観察を続けた。そして、イカサマの犯人を突き止めた。

ニコルズだった。

彼は決して、大勝ちしない。大きく勝つのは、プレンダーガスト少佐だ。だがその陰で、ニコルズはこつこつと小さな勝ちを積み重ねる。結果的に、プレンダーガスト少佐とそう変わらない額を勝っている。しかし印象としては、プレンダーガスト少佐ばかり勝っているように見えてしまう。

プレンダーガスト少佐の勝ちも、ニコルズが操作しているようだった。結果的に、パーシヴァル・ティレットと私の負けが込んでいく。ティレット青年は、当初は頭に血が上っているのか真っ赤な顔をしていたが、今では負けの総額を自覚したのか、すっかり蒼白《そうはく》になっていた。

私ひとりの負けだったら放置しておくところだが、これではそういうわけにも行かない。私はパーシヴァル・ティレットと会話をして情報を引き出したいのに、彼もこのままでは話どころではないだろう。私は対抗手段を講ずることにした。

イカサマには、イカサマである。

マイケル・D・ニコルズの手口は、もう見破っていた。その技量も。私は少しずつ、流れに自分の意思を紛《まぎ》れ込ませ始めた。ニコルズですら、気がつかないように。

そしてプレンダーガスト少佐が大勝ちするはずのところを、私が横からかっさらうようにして勝利した。

プレンダーガスト少佐はがっかりしただけだったが、ニコルズの表情が凍りついた。

そして次には、私が大負けして、その代わりにパーシヴァル・ティレットが大勝ちするように操作した。

結果的に、トータルでプレンダーガスト少佐がやや勝ち、マイケル・D・ニコルズがトントン、ティレット青年と私が少し負け、ということになった。

ニコルズも、誰がその場を支配しているか、遂《つい》に気がついたようだ。私を凝視《ぎょうし》していたので、私も彼を見つめ、視線を逸《そ》らさなかった。先に折れたのは、ニコルズの方だった。

「わ、わたしはもうここで……」と、ニコルズが言い出した。精算が済むと、そそくさとクラブを去った。

プレンダーガスト少佐もテーブルを去ったので、私は大負けせずに済んでほっとした表情のパーシヴァル・ティレットに声を掛けた。

「お互い、危ないところでしたな。……一杯いかがですか」

「そうですね。負けは負けですが、祝杯を挙《あ》げてもいい負けでしょう」と、ティレット青年は僅かに笑みを見せた。

ウィスキーのソーダ割りを飲ませると、パーシヴァル・ティレットは少しずつ打ち解《と》け始め、雑談するうちに舌も滑《なめ》らかになっていった。

そこで、私はいよいよ本題に入った。「カード遊びがお好きのようだが、カードの腕前はお父上譲《ゆず》りかな」

「いえいえ」とティレット青年は笑った。「父からじゃありません。学生時代の、遊び仲間からです。父は、カードをプレイして人と話をするよりも、ひとり黙々と本や新聞を読んでいるタイプでした」

「ほう。失礼ながら、君のお父上というと？」

「数年前に亡くなった、アルドヘルム・ティレットです」

「おお」と私は驚いてみせた「君はアルドヘルム・ティレット氏のご子息だったのか。氏とは生前、仕事絡みで付き合いがあった。よく存じ上げているよ」

「おや、そうだったのですか」

「ふむ、アルドヘルム・ティレット氏なら先ほどの話が分かる。仕事での関係以上には、付き合いを深めようとは決してなさらない方だった。そういえば所属していたのも、なるべく社交をしないという妙なクラブだったな。確か、ソクラテス・クラブ……いや違うな」

「ディオゲネス・クラブですね」

「ああ、それだ。君は、ディオゲネス・クラブには入ろうとは思わなかったのかね？」

「僕はもっと社交的な方が好きですから。ここのような」とティレット青年は笑いながら周囲を示した。

「なるほどね。……グラスが空《から》になっているじゃないか。もう一杯やりたまえ。……君の他に、アルドヘルム・ティレット氏にはお子さんはいらしたのかな」

「男は僕だけです。あと、ガートルードという妹がひとりいます」

「ほほう。ハンサムな君の妹さんなら、さぞかし可愛い方だろうね」

「兄の欲目もあると思いますが、ガートルードはそんじょそこらのお嬢さんよりも器量よしだと思いますよ」

「それはそれは。では、引く手あまただろうね」

「それが、妹は慈善活動に打ち込んでいて、そのこと自体はいいのですが、活動に時間を取られているせいか社交界に出る機会が少ないようでしてね。残念ながら、まだ彼女を嫁に、という話は来ていないのですよ」

「なるほど。しかし可愛い妹を手放さずに済む、という意味では、必ずしも残念とは言えないのでは？」

「まあ、そうですね。ガートルードが家にいてくれるだけで、雰囲気が明るくなりますから。とはいえ、ハイ・ミスになって欲《ほ》しいとは思いませんし」

「悩ましいだろうねえ。どんな慈善活動をしてらっしゃるのかな？」

「セント・ジェイムズ教会を中心に、女性たちが貧しい人を助ける活動をしていて、それに加わっているんですよ。確か、今日も行っているはずです」

私はその情報を、頭の中に刻み込んだ。それから当たり障《さわ》りのない話をした後で、パーシヴァル・ティレットに別れを告げ、タンカーヴィル・クラブを後にした。

私は一旦、自分の住居に帰宅した。次の目的地は言うまでもなくセント・ジェイムズ教会なのだが、その前に準備が必要なのだ。……変装である。

変装用の衣装ならばシャーロックがたくさん持っているはずだが、サイズが違うから借りることはできない。一番古い服一式を選び出し、ぐしゃぐしゃにした。それだけでは足りないので、袖《そで》を引っ張って縫い目をほつれさせたり、ハサミを使ってところどころにかぎ裂きを作ったりした。もう少し着てからそれこそ慈善団体に寄付するつもりだったが、致し方あるまい。

靴も、今では履《は》いていない古いものを出してきた。裏に出て、泥を擦《なす》り付ける。

部屋に戻って一式を着込み、最後に古帽子をさんざん踏みつけてからかぶった。落ちぶれ紳士の出来上がりだ。鏡を覗《のぞ》く。太っているのはどうしようもないので最近破産したという設定でいくけれど、顔色だけはもうちょっと悪くする必要がある。私は化粧道具で目の周《まわ》りに隈《くま》を作り、口元や目元に皺《しわ》を描き込んだ。——これで少しましになった。短時間ならば、誤魔化《ごまか》せるだろう。

　こんな格好では辻馬車が停《と》まってくれないかもしれないが、歩いて移動するのは願い下げだ。階段を上がって、上の階の部屋をノックする。ドアを開けて現われたのは、真っ黒な髪とオリーブ色の肌をした男性だった。ギリシャ出身の、メラス氏である。

「やあ、メラスさん」

　メラス氏は私の姿を見て目を丸くしていたが、「こんにちは、ホームズさん」と応《こた》えた。

「何か御用ですか」

「ここのところ仕事が少なくて、収入面でお困りでしょう」

「相変わらず、いきなりですね」とメラス氏は苦笑《にがわら》いした。「またいつもの推理ですか」

「君は通訳を仕事としているから、商売が繁盛していればしょっちゅう出かけているはずだ。だがここのところ出入りする足音をあまり聞かないし、今日も部屋にこもっていた。仕事が少ないということだし、ならば収入が少ないのは当然だ」

「その通りですよ。さあ、用件をどうぞ」

　彼は以前から私のことを知っているので、あまり驚かない。

「簡単な仕事を頼まれてくれ。辻馬車をつかまえて欲しいのだ。駄賃《だちん》は払う」

「よろしいですよ。待ってて下さいね」

　メラス氏は理由を訊《き》こうともせず、即座に引き受けてくれた。彼は私がシャーロック・ホームズの兄であることも知っているので、事情を察してくれるのだ。

メラス氏が表に出て、通りかかった辻馬車を停めてくれたところで、私も建物から出た。私が乗り込むと辻馬車の御者《ぎょしゃ》は困惑顔だったが、一ポンド先払いすると急に態度が変わり、馬車は勢いよく走り出した。

辻馬車は、やがてセント・ジェイムズ教会の裏手の通りに至った。貧民が辻馬車で教会まで乗りつけるはずがないのでそこで降り、横丁を通って教会の正面に出た。

ぼろぼろの服を着た貧民たちが、列を作っていた。先頭の方を窺うと、どうやら何かを配っているらしい。私は列の最後尾についた。列は少しずつ進み、先頭が近付いてきた。列に並んでいた貧民たちは、そこで古毛布や古着をもらっていることが判った。

私の番が来た。二人の女性が、私を迎えた。一人は四十代ぐらい、もう一人は二十代に見えた。ガートルード・ティレット嬢は、後者だろう。私は彼女を観察した。目元や口元が、先刻タンカーヴィル・クラブで会ったパーシヴァル・ティレットに似ていた。決め手は、耳だった。耳の形が、そっくりだったのだ。

帽子の下には、つややかな黒い髪。白い肌に、輝く黒い瞳。すっきりした鼻に、赤い唇。若い男性の目には、さぞかし魅力的に映るに違いない。

「あら、初めての方ね」と、ガートルード・ティレット嬢は言った。

「はい」私は帽子に手をやって挨拶《あいさつ》し、恥ずかしそうに身をすくめてみせた。「レディングで紡績《ぼうせき》の商売をやっていたのですが、信頼していた使用人が金を持ち逃げしたために会社がつぶれ、家まで全て失いました。ロンドンへは、流れてきたばかりです」

「まあ。それは大変でしたね。どなたか頼れる方はいらっしゃらないの？」

「いないんです。宿無しです。寒さが厳しいので、毛布を頂けると」

「ごめんなさい。毛布はもうなくなってしまったの」と、ガートルード・ティレット嬢は本当に申し訳なさそうに言った。「このコートはどうかしら。古いけど、寒さは凌《しの》げるのではないかと」

彼女は、かなり時代がかったコートを私に手渡した。妙な臭いがしたけれども、生地は厚い。

私はそれに袖を通した。「ありがとうございます。ああ、これなら少しは寒風を避けられそうですね。凍死しないですみそうです」

「ご飯はちゃんと食べてますか」と、ガートルード・ティレット嬢は心配そうに言った。「お腹が空《す》いた時は、またここへ来て下さいね。食べ物を配る日もありますから」

「ああ、本当にご親切にありがとうございます。お嬢様に、神のご加護のありますことを」

私はその場を少し離れてから、後ろを振り返った。ガートルード・ティレット嬢は、私の次にいた老女に、親切そうに声を掛けながらショールを渡していた。

——これで一通りの材料は揃った。ここで一旦、原点に立ち返ることにしよう。そもそもの出発点、ディオゲネス・クラブである。

ペル・メル街に戻り、住居に立ち寄って、まともな服に着替える。

それにしても、あちらへ行ったり、こちらへ行ったり、大儀《たいぎ》で仕方がない。我が弟ながら、こんなことを自ら好んでするシャーロックの気が知れない。私にだって知的好奇心はあるが、それよりも、身体を動かさずに安穏《あんのん》と暮らしたい、という欲求の方が遥《はる》かに強いのだ。——私は大きく溜息をついた。重い腰を上げて、立ち上がる。

ディオゲネス・クラブに戻り、私は考えた。

（ガートルード・ティレット嬢とこのクラブとの共通点は彼女の父親しかない。だがアルドヘルム・ティレット氏は故人だ。そしてここは社交を「しない」クラブだから、外で付き合いのあったインゴールスロップ氏のような例外を除けば、他のメンバーはティレット氏のことをさほど詳《くわ》しくは知らないはずだ）

だが私は、唯一《ゆいいつ》このクラブの全メンバーについてよく知っている人間がいることに気付いた。

執事のウィンターズだ。

すぐさま私は非会員面会室に向かい、ウィンターズを呼んだ。

「何でございましょうか、マイクロフト・ホームズ様。またどなたか、お呼びしますか」

「いや。今度話を聞きたいのは、君だ。何でもいい。アルドヘルム・ティレット氏について、君が知っていることを教えてくれ」

「わたくしが、ですか」と、ウィンターズは困った顔をした。「わたくしはあくまで、このクラブの執事としてお仕《つか》えしているに過ぎませんので、特段存じておることなどは……」

「いや、そうじゃないんだ」と私はウィンターズの言葉を遮《さえぎ》った。「彼のクラブ内での行動に、何か特徴はなかったかを知りたいんだ。正に、君しか知りようのないような」

「特徴……でございますか」ウィンターズは人差し指を唇に当て、首を傾《かし》げて考え込んだ。「何分にも、アルドヘルム・ティレット様がご存命だったのは何年も前のことでしたから……」

「何でもいい。記憶に残るような、特別なことはなかったか？」

「おお、そう言えば」と、ウィンターズは声を上げた。「あの方は、ディオゲネス・クラブのメンバーにしては珍しく、この非会員面会室を使う頻度《ひんど》が高かったですね」

「この部屋を――。そこで、誰と会っていたのかは覚えているか？」

「確か……そうそう、ローレンス・チェスロック様と二人で話しているのがほとんどでした」

「ローレンス・チェスロック、だと」

私は頭の中の記憶を検索する。

（ローレンス・チェスロックという名前は、確かにディオゲネス・クラブのメンバーとして覚えている。確か、法曹界《ほうそう》の重鎮《じゅうちん》だったはずだ。だが……）

「ローレンス・チェスロックも、故人ではなかったか？」

「はい、その通りです」とウィンターズは即答した。「五年前に、亡くなっておられますね」

たぐるべき糸が、途切れてしまったか。そう思った時に、ウィンターズが言った。

「最近、ディオゲネス・クラブのメンバーになられたブライアン・チェスロック様は、ローレンス・チェスロック様のご子息ですね」

「何？　覚えがないな。その息子が入ったのは、いつのことだ」

「つい三か月ほど前のことです。確か、ホームズ様がお忙しくてあまりこちらにいらっしゃれない時期でした」

本来ならば、サー・ヴァレンティンから報告があってしかるべき事項だが、特段問題もなかったゆえ、私に伝えるのを失念したのだろう。

だが、この情報のおかげで、私の頭の中の何かがつながった。

アルドヘルム・ティレットとローレンス・チェスロックは、非会員面会室でしばしば会っていた。

チェスロックの息子が、三か月前にメンバーになった。

そして今度は、ティレットの娘が入会を希望している。

――これらを関連付ければ、真相は明らかになるはずだ。

「いまブライアン・チェスロックはクラブにいるか？」

「いえ、生憎《あいにく》ですがいらっしゃいません」

「では、もう一方を先にしよう」

私は駆けるようにしてディオゲネス・クラブを後にし、住居に戻った。そして、先ほど脱いだばかりの同じ「変装」をまとい、同じ化粧をした。

メラス氏に頼むのももどかしく、通りに飛び出して辻馬車の前に立ちふさがった。危うく馬に蹴《け》り殺されそうになり、御者に思い切り悪態をつかれたが、彼の鼻先に紙幣《しへい》を突きつけて、セント・ジェイムズ教会へやるように命じた。

先刻の行動を踏襲《とうしゅう》して、裏通りからセント・ジェイムズ教会の表へ出ると、ぎりぎり間に合った。ガートルード・ティレット嬢が一緒に服を配っていた女性とともに教会を出て、帰るところだったのだ。

「これはこれはお嬢さん、先ほどはありがとうございました」と、私は帽子に手をやって挨拶をした。

「あら、さっきの方ね」と、ミス・ガートルードはにっこりと笑みを見せた。「コートの具合はどう？」

「はい、おかげさまで温かくなりましたよ。これで、なんとかやり直そうという気力も出ました」

「それは良かったわ」

「ここのところ、ずっと酷《ひど》い目にばかり遭《あ》ってきましたから、お嬢さんのご親切が身にしみましたよ。……ああ、あの方さえご健在だったら、こんな苦労を味わわずに済んだのですがねえ」

「あの方って？」

「ローレンス・チェスロック氏という方です。法律関係の偉い方だったのですが、私は故《ゆえ》あってあの方に懇意《こんい》にして頂いておりましてね。過去には、色々と助けて頂きました。なのですが、あの方は五年前に亡くなってしまわれましてね。今回は、頼れる人が他にいなかったのですよ。だもので、こんな身にまで落ちぶれてしまった次第で」

「ローレンス・チェスロック氏ですって」ガートルード・ティレット嬢の様子が、いきなり変わった。さっきまでにっこりとしていたのに、急に真剣な顔つきになり、身を乗り出してきた。「チェスロック氏と、交流がありましたの？」

「おや、チェスロック氏をご存じで？　はい、昔、取引関係でごたごたがあった際に大変お世話になりましてね。チェスロック氏も私を気に入って下さり、しばしばお宅まで伺《うかが》わせて頂いたことも」

「では……では、ローレンス・チェスロック氏の息子のブライアンはご存じ？」

「ああ、坊ちゃんですか。はい、小さい頃によくお相手して差し上げました。最近はお会いしておりませんでしたので、坊ちゃんの方で私を覚えているか疑問ではありますが」

「まあ。まあ。そうでしたの。それでしたら詳しい話を……ああでも、もう戻らなければいけない時間でしたわ。是非《ぜひ》また、ここへいらして下さいます？　色々と伺わせて頂きたいわ」

「よろしいですとも。お嬢さんには、とても親切にして頂きましたから」

そう言いながらも、この姿でまた彼女に会う可能性は低くなってしまったな、と考えていた。

——真実を概《おおむ》ね見通すことができたからだ。

アルドヘルム・ティレット氏とローレンス・チェスロック氏とは、交流があった。人付き合いをしないのが前提のディオゲネス・クラブで、非会員面会室を使ってまでしばしば話をするほどに親しく。

家庭同士での付き合いもあっただろう。ならば、それぞれの子ども——ガートルード・ティレット嬢とブライアン・チェスロックも、幼馴染《おさななじみ》だったと推測できる。

仲の良い男の子と女の子が、成長して相手に恋心を抱《いだ》くようになる場合もあるだろう。このケースでは、ガートルード嬢がそうであり、ブライアン・チェスロックはそうではなかった。

ブライアン・チェスロックは、ディオゲネス・クラブに入会するぐらいだから、父親に似て人付き合いをあまり好まない性質だった。社交の場にも、あまり顔を出さないのだろう。ガートルード嬢は彼に対して恋愛感情を持っていたが、大人になってから、そしてそれぞれの父親が亡くなってからは、交流するタイミングが滅多になくなってしまった。

そこでガートルード嬢は、ブライアン・チェスロックと同じディオゲネス・クラブに入ろうと考えたのではあるまいか。二人の父親が交流していたように、ここで二人の仲を深めることができるのでは、と……。

女性が入るかもというだけでもとんでもないのに、ディオゲネス・クラブに恋愛を持ち込むなど、もってのほかだ。

またしても自宅で着替えてディオゲネス・クラブに戻ると、執事のウィンターズがすぐに近付いてきて、声に出さずに口だけ動かした。

(ブライアン・チェスロック様)

それと同時に、奥を指し示す。これはもちろん、非会員面会室以外では言葉を発することが禁じられているディオゲネス・クラブであるがゆえであり、ウィンターズは「ブライアン・チェスロック様が来ております」と言いたいのだ。

私は即座に、ブライアン・チェスロックを非会員面会室に呼び出すよう指示を出した。

一言も発さずに、合図だけで。これも、私とウィンターズの長年の付き合いゆえのやりとりだ。

私が先に非会員面会室に入って待っていると、すぐに二十代半ばぐらいの生真面目《きまじめ》そうな人物がやって来た。

「……ブライアン・チェスロックです。何か御用でしょうか」

どうやら、古参の会員である私に呼びつけられたので、何か叱責《しっせき》でもされるのかと思ったのだろう。ちょっと警戒しているような様子が見て取れた。

「まあ、そこに座りたまえ」と、私は自分が座っている長椅子の向かいにある椅子を示した。私は陽光の差し込む窓を背にしており、彼の表情をよく見て取ることができた。

「何か、僕がクラブの規律に反したことをしましたでしょうか」と、彼は腰を下ろしながら言った。「でしたらお詫《わ》びを……」

「いや、そういうわけではないから安心したまえ。君は私が不在の間に入会が決まったから、人となりを知っておきたくてね。幾つか質問させてもらうが、まあ、緊張することはない。雑談でもするつもりでいてくれたまえ」

「はい、そうでしたか」とチェスロック青年が答え、ほっとしたような表情を浮かべる。

彼の父ローレンス・チェスロック氏のことから始まって、その友人であったアルドヘルム・ティレット氏、と話題を進めていく。彼は言葉少なではあるが誠実な性格らしく、質問には真面目に答えてくれた。ティレット氏の息子パーシヴァル・ティレット、そしていよいよガートルード嬢の話となった。この頃には、彼もすっかり緊張を解いており、警戒せずに喋ってくれるようになっていた。

「ええ、ティレット家とは家ぐるみの付き合いがあったわけですから、ガートルード嬢のことも子どもの時分から知っていますよ。小さい頃から活発な女の子でした。僕はどちらかというと大人しく絵本を読んでいるようなタイプの子どもだったので、彼女に振り回されたようなところがありましたね」

「私は会ったことがないな。君は今でも親しくしているのかね」

「いえ、もうお互い大人ですから、子どもの頃のような付き合いは。会えば挨拶はするでしょうが、会う機会自体が少なくなってしまったので。父親同士の仲が良かったのですが、その両方の父親が亡くなってしまいましたから」

「ところで、君は父親を亡くして家督を継いでいるわけだが、身は固めないのかね。もうそろそろ、結婚しても不思議はない歳だろう。誰か、いい人はいないのかね」

「残念ながらおりません。それに……」

彼が少々口ごもったので、私は先を促《うなが》した。

「それに、何だね？」

「……父があまり資産を残してくれなかったので、我が家の経済的なやりくりが結構大変になっていてですね。とても、妻を迎えられるような状態ではないのですよ」

「そうか、それは要《い》らぬことを訊いてしまったな、申し訳ない」

この後も幾つか質問をした末、私は面談を終了し、彼を解放した。

私は確信した。チェスロック青年は、ガートルード・ティレット嬢に対して特別な恋愛感情は抱いていない。

……実情が見えてきただけに、どう対処すればよいかも判ってきた。それには、作戦を立てねばならない。だが私も、こと恋愛に関しては、得意とは言えない。シャーロックに至っては私以上なので、相談相手とはなり得ない。

幸いにして、恋愛に関して得意な人物ならば、心当たりがあった。

私はディオゲネス・クラブを出て、辻馬車をつかまえて言った。

「ケンジントンへやってくれ」


私が診察室へ入ると、慌ててワトスン博士が立ち上がった。

「マイクロフト・ホームズさん。ようこそ、いらっしゃいました。ですがまた、一体なにゆえ、わざわざこちらへ？」

「今度はいいメイドを引き当てたようですな、ワトスン先生」

「メイドの品評ですか」と、ワトスン博士は戸惑《とまど》い顔だ。

「掃除が実に行き届いているし、暖炉《だんろ》の手入れも申し分ない。一目瞭然ですよ」

「ですが、こちらにお越しになるのは初めてなのに『今度は』とは」

「何、こちらのメイドは仕事ができないとシャーロックから聞いていましたから。だが今見るとてもそうは思えない。メイドが替わったと結論づけて、間違いなかろう。……いや、すみません。本当の用事というのは、少々、御婦人のことで相談したいことがありましてな。それに関しては、シャーロックよりもあなたの方が適任でしょう。ああ、できれば奥さんにも女性としてのご意見を伺いたい。よろしいですかな」

「そりゃあ、私の妻の意見でよろしければ。いま妻を呼びますから、ちょっとお待ち下さい」

一体何事か、と不思議そうな顔をして、夫人が姿を見せた。彼女についても色々と推理によって判明したことがあるが、女性の身辺を赤裸々《せきらら》に暴《あば》いては失礼に当たるので、黙っていることにした。こちらを訪問するに至った事の次第を説明すると、ワトスン夫人は破顔《はがん》した。

「まあ、そういうことだったんですの。それはよくぞご相談下さいました。確かに、殿方だけよりも女性がいた方が良さそうですわね」

そこからは、三人で話し合い、計画を練った。ワトスン夫妻から男女の心の動きについて意見をもらい、私がそれに見合った計画を複数提案し、全員で検討する。戦略の練り方として、役割分担は申し分なかった。

最終的に、非の打ちどころのない計画が立てられ——そして実行された。

一週間後。この日、ディオゲネス・クラブへガートルード・ティレット嬢が入会のための面談に現われるはずだったが、彼女は姿を見せず、代わりにメッセンジャーがガートルード嬢からの手紙を届けてきた。その手紙には、入会の希望を保留にして欲しい、と書かれていた。

それから更に数か月を経《へ》て、ブライアン・チェスロック氏が婚約を発表したという情報が入った。私は、ディオゲネス・クラブの非会員面会室に彼を呼び出した。

「何かおめでたいことがあったと、噂に聞いたよ」

彼は照れながら答えた。「実は、結婚することになりまして」

「ほう、それは心からおめでとうと申し上げるよ」これは本心だった。「それで、君の妻の座を射止めた幸運なお嬢さんはどなたかな?」

「先日の話にも出ました、ガートルード・ティレット嬢なんです」

「なんと」と私は驚いてみせた。「それは君の方も幸運な男性ということになるな。……しかしまた、この間は全くそんな気配はなかったのに、どういう心境の変化かね」

「どうご説明したらよいやら……そうですね、こうなる運命にあった、と申しましょうか。運命の神の気まぐれが、この結果を招いたのです」

「ほほう」と、私は身を乗り出した。「詳しく聞かせてもらえるかね」

「よろしいですが、少し長くなりますよ」

「構わないとも」

「承知しました。では。それは数か月前のことです――」


――マイクロフト・ホームズさんと前回面談しました時の、何日か後のことだったと思います。僕は弁護士事務所に勤めているのですが、その仕事で急遽《きゅうきょ》ヴィクトリア街のウエストミンスター・パレス・ホテルへ使いに行くこととなりました。時間がなかったので、急いで辻馬車をつかまえて、目的地を告げたのです。

その際、御者が「ストランド街は道路工事の影響で渋滞が続いているので、遠回りになるがセント・マーティンズ・レーンを走ります」と言うので、とにかく早く行ける道を走れ、と言いました。確かに、セント・マーティンズ・レーンはすんなりと交通が流れていました。

ですが、交差点に差し掛かって辻馬車が速度を落とした、ちょうどその時です。女性の悲鳴が、聞こえてきました。咄嗟《とっさ》にその声の方向を見ると、セント・ジェイムズ教会の前で、一人のレディがみすぼらしい格好の男に摑《つか》みかかられていました。僕は、その女性に見覚えがあることに気がついたのです。見覚えがあるのも当然で、彼女はガートルード・ティィレット嬢だったのです。

僕は「停めてくれ。そのまま待っててくれ」と叫んで、まだ辻馬車が完全に停まらないうちに、飛び降りました。

そして「おい貴様、やめろ！」と怒鳴《どな》りながら、二人の方へと駆け寄ったのです。男は振り返り、僕を睨《にら》みました。僕は走っていったその勢いで、男の胸を片手でどんと突きました。すると、男は舗石に足を滑らせたのか、すとんと尻餅《しりもち》をついてしまったのです。その隙《すき》に僕はガートルードの手を取り「こちらへ」と引っ張りました。

彼女は驚いた様子ながらも、僕に従いました。僕は辻馬車に彼女を押し込み、自分も乗り込んで「出してくれ、早く！」と御者に叫びました。

御者は躊躇《ためら》いもせずに馬に鞭《むち》をくれて、馬車を走らせました。背後で男が喚《わめ》いているのが聞こえましたが、それはどんどん遠くなりました。

ガートルードは、ここに至って、僕が誰であるか気がついたようです。

「えっ。あなた、ブライアン？」

「そうだよ」

「あなたが、どうしてここにいるの？」

「この辻馬車で、たまたま通りかかったんだ。悲鳴が聞こえるから振り向いたら声の主が君だったので、無我夢中で飛び降りて駆けつけたのさ。君は一体、どうしてあんなところに?」

「わたしはいつも、あのセント・ジェイムズ教会で慈善活動をしているの。今日は古い服を配っていたら、食べ物を寄越《よこ》せってあの男の人が喚きながら摑みかかってきて。お酒臭かったから、酔っ払ってたのかもしれないわ。思わず悲鳴を上げたら、助けに来てくれた人がいて、それがあなただったのよ」

事情が判ってからは、僕たちはお互いの近況を語り合い、旧交を温めました。

そうこうするうちに、御者が「着きやしたぜ」と言って、辻馬車が停まりました。ウェストミンスター・パレス・ホテルのまん前です。僕には命じられた用事がありますが、彼女をそこでひとり放り出すわけにもいきません。僕は用事が済むまで馬車に乗ったまま待っているようにと彼女に言い、ホテルへと入ったのです。

僕は「大急ぎでウェストミンスター・パレス・ホテルへ行ってデッカー氏という人物に手紙を渡すように」とは命令を受けていましたが、あまり詳しい内容までは聞いていませんでした。特に、デッカー氏というのがどんな人物か、よく知りませんでした。

フロントでデッカー氏の部屋を尋《たず》ね、僕はその部屋へと向かいました。僕を迎えたデッカー氏というのは、服装や喋り方からして、アメリカから来た四十代ぐらいの人物でした。

デッカー氏は、手紙を受け取ると僕にそのまま待つように言い、すぐに手紙を読みました。僕は返信を渡されるのかと思っていたのですが、そういうわけではありませんでした。

「どうもご苦労さん」とデッカー氏は言いました。「伝言は承《うけたまわ》った。ところで、君にちょっと頼みがある。実はこれから降霊会を開くことになっているのだが、参加者の一部が急に来られなくなってしまってね。君、代わりに参加してくれないか」

僕は困りました。「訪問先では失礼のないように」と上司から言い含められて来たので、断れません。しかし、外ではガートルードが待っています。

仕方なく、その旨《むね》をデッカー氏に説明して断ろうと思ったら、彼はかえって身を乗り出して来ました。

「それは好都合だ。そのご婦人も、連れてきてくれ。彼女にも、降霊会に加わって頂きたい」

こうなったら、言われたままにするしかありません。一旦ホテルを出て、ガートルードに事情を説明したところ、彼女は快《こころよ》く承知してくれました。御者には多めに駄賃を払いました。

僕がガートルード・ティレット嬢を連れて戻ると、デッカー氏は奥の部屋へと我々を通しました。そこには円形のテーブルがあり、二人の女性がおりました。随分《ずいぶん》とお化粧の派手なデッカー夫人と、その妹だという大人しそうなミス・ハリエット・クライトンです。すぐに、新たな来訪者がやって来ました。霊媒師《れいばいし》のK・P・メドウズです。身長も横幅も大柄で、大仰《おおぎょう》な喋り方をする人物でした。いよいよ降霊会の始まりです。

窓は厚いカーテンで閉め切り、照明を消すとほぼ真っ暗になりました。一同はテーブルを囲んで座り、隣の人と手をつなぎます。僕は右がデッカー夫人、左がガートルードでした。

降霊会に参加するのは初めての経験でしたが、話に聞くのと大差はありませんでした。デッカー夫人が、最近亡くなった兄の霊を呼び出すように頼み、霊媒師メドウズが招霊の文言《もんごん》を唱《とな》えます。やがて、静寂の闇の中で、ぱちん、と不思議な音が聞こえました。ガートルードが、驚いたのか僕の手をきつく握りました。

降霊術は成功し、死者の霊が霊媒師に降りてきました。そして、死の世界での出来事を語りました。

ところが、その言葉が途中で切れたかと思うと、いきなり恐ろしい叫び声が響いたのです。ガートルードは悲鳴を上げて、僕にしがみつきました。

降霊会は中断し、部屋は明るくされました。霊媒師の説明によると、デッカー夫人の兄の霊を押しのけて、悪い霊が降りて来ようとしたのだそうです。その霊がいかに恐ろしいものであるかが語られるので、ガートルードは僕から離れようとしませんでした。

その後、デッカー氏から軽い食べ物とお酒が振舞われました。デッカー氏たちが主に身内の話をしていたので、僕はガートルードと二人で話をしていました。

やがて、ガートルードが新しい飲み物をもらいに行った隙に、霊媒師が僕に近付いてきて、こっそりと耳打ちしました。

「私には透視能力もあってね。君は今日あのお嬢さんを騎士的行動によって助けた……違うかね？」

僕は驚きました。霊媒師によっては前もって参加者のことを調べておいて、あたかも霊能力で知ったかのように振舞うことがあると聞いていましたが、この場合、起きたばかりの、しかもあんな偶発的な出来事を知っているはずがありません。この人物の能力は本物だ、そう確信しました。

彼は続けました。「私は更に、未来予知もできるんだ。――君はきっとガートルード・ティレット嬢と結婚することになるよ。間違いない」

僕は、顔が赤くなっているかもしれない、と思いました。その日ガートルードとゆっくりと話をして、ずいぶんと心が通い合っていたからです。気持ちも、子どもの頃以上に近付いた気がしていたのです。

僕は結局、ガートルードを辻馬車で家まで送り届けました。そこからの帰路、僕は彼女との結婚の可能性を真剣に考えてみました。

ですが、それには重大な障害がありました。経済的な問題です。王族にすら血の繫《つな》がりのあるガートルード・ティレット嬢を妻として迎えるには、僕は財力に欠けていたのです。

しかし、その数日後、この問題が解決する出来事が起こりました。アメリカから連絡が来て、数年前に亡くなった伯父が僕に財産を残していたことが判明した、というのです。その伯父とは、ほとんど交渉がなかったので不思議でしたが、伯父は僕の父と仲がよかったので、その息子がいたらお金に困らないように、と遺言を残していたことが、最近になって明らかになったというのです。

何かの詐欺《さぎ》ということはなく、本当に財産を受け取ることになりました。ならば、ガートルードとの結婚に障壁はありません。僕はティレット家を訪ね、彼女に求婚しました。彼女は驚いていた様子でしたが、すぐに「はい」と言ってくれました。

いかがでしょうか、「運命」と申し上げたわけが、お分かり頂けましたでしょうか――

私は改めてブライアン・チェスロック青年を祝福し、クラブから祝いの品を贈ることを約束した。

彼は婚約後のエピソードも話してくれた。彼は婚約してから、ガートルード・ティレット嬢の告白で彼女がディオゲネス・クラブに入ろうとしていたことを知ったという。

「僕は、入会をやめるように説得しました。幸い、彼女は大人しく従ってくれました。クラブへ来てまで、妻に監視されているわけにはいきませんからね」

「うむ、それは実に正しい判断だ」

彼は、今日は結婚式へ向けての準備がまだ残っているので、これで失礼しますと言って帰っていった。

私は彼の後姿を見送った。彼は彼なりに、幸せな人生を送ることだろう。そして一生、彼の運命を左右した御者と霊媒師が、実は私の変装なのだと知ることはないだろう。その他の登場人物――セント・ジェイムズ教会前でガートルード・ティレット嬢に摑みかかった男や、デッカー夫妻や夫人の妹――が、全て私の雇《やと》った俳優であるということも。あの日、彼がウェストミンスター・パレス・ホテルへ手紙を届ける用事を命じられたのも、私の手配によるものだったのだ。

御者から霊媒師への早変わりは大変だったが、前もって準備してあったので、問題は発生しなかった。

――ブライアン・チェスロックにとって運命の神がいるとしたら、それは私なのである。

名目上の遺産を手配するのは骨が折れたが、これがなければ二人の結婚は経済的に実現しないので、絶対に必要だった。資金源としてディオゲネス・クラブの運営資金を流用したので、クラブはしばらく緊縮財政に努めねばなるまい。

かくして、ディオゲネス・クラブ最大の危機は去った。サー・ヴァレンティン・アンダーウッドには報告済みだ。彼も大いに満足し、最大限の感謝の意を示してくれた。これで私は何の憂《うれ》いもなく、ゆったりとした時間を楽しむことができる。慣れぬ肉体仕事はせねばならなかったが、それだけの甲斐《かい》はあった。

ああそうだ、ワトスン夫妻には礼を言いに行かねば……いや面倒だ。感謝のしるしに、何か贈り物を送っておくことにしよう。

私は椅子から立ち上がった。さて、窓際から外を眺めて、通行人の身元を推理しながら、ウィスキーを一杯やることにしようか。

第五話　**R夫人暗殺計画**　副官モラン大佐

「見事だ、モラン大佐」モリアーティ教授が言った。彼の眼前のデスク上には新聞が広げられている。

新聞には、大きな見出しで「メイスデール伯爵《はくしやく》、死去」と書かれていた。記事では伯爵が領地内でのキツネ狩りの最中に、誰かが誤射した弾《たま》に当たって事故死した云々《うんぬん》、と説明されている。

「お褒《ほ》めにあずかり、光栄至極《しごく》」と俺は答えた。メイスデール伯爵は、事故に見せかけて俺が撃《う》ち殺したのだ。その指示を出したのが、モリアーティ教授だ。

「今回は、例の探偵――シャーロック・ホームズに邪魔されなかったようだな」と教授。

「あいつは今、ヨーロッパの王室だか政府だかの依頼で、大陸に渡っているらしい。俺の仕業《しわざ》と気付かれたとしても、後の祭りだ」

「最近、奴のおかげでロンドンの犯罪者が次々に逮捕されている。下っ端《したっぱ》連中なので組織に害が及ぶおそれはないが、手足として使う人材が不足するのには困ったものだ」教授は唸《うな》り、苦々《にがにが》しげな顔をしていた。

俺は咳払《せきばら》いをひとつして、暗殺の経緯を詳細に報告しようとした。だがその時、教授はふっと顔を上げるとデスクを離れ、窓辺《まどべ》へと進んだ。

モリアーティ教授が窓から外を眺《なが》めているので、俺も窓際《まどぎわ》へ歩み寄り、並んで通りを見下ろした。馬車が一台、通りに駐《と》まっている。そう言えば、馬車が走ってきて停まる音が聞こえた。教授はそれを聞き逃さず、ここへの来訪者だと気付いたのである。

馬車からは、ひとりの男性が降りてきた。トップハットをかぶっており、顔は見えない。横を見ると、教授が口元を歪《ゆが》めて笑《え》みを浮かべていた。教授は来訪者が新たな依頼人だと見抜いたのだ。

ジェイムズ・モリアーティ教授は、数学者だ。二項定理《にこうていり》に関する論文や、『小惑星の力学』という著作もあり、その才能は高く評価されていた。英国内の小さな大学で、教鞭《きょうべん》をとっていたこともある。だがある時彼に関する黒い噂《うわさ》が流れて職を辞さねばならなくなり、ロンドンへ出てきたのだ。俺と教授との付き合いは、その頃からになる。

そして現在、数学者というのは彼の〝表向きの顔〟にしか過ぎなくなった。彼の裏の顔、真の姿とは——ロンドンの裏社会を仕切る犯罪組織の、首領だ。決して自らの手は汚さず、犯罪を計画し、悪党どもに実行させる〝コンサルティング犯罪者〟なのである。

俺はその副官――元インド陸軍の士官にして射撃の名手、セバスチャン・モラン大佐だ。

階段を上がってくる足音が聞こえた。デスクの向こうに戻って腰を下ろしたモリアーティ教授は、この足音や、表に駐まっている馬車の外観、更《さら》にはちらりと見えた男性の姿から、訪問者がどんな人間であるか既《すで》に推断を下しているのは間違いない。

俺は、入ってきた来訪者を見て、おや、と思った。仮面舞踏会《ぶとうかい》の際に着用するような、目元を隠す黒いマスクを着けていたのだ。服装もおそらくはパリ仕立ての高級品で、上流階級に属していることをはっきりと示していた。

彼は我々を順番に見ると、ゆったりと片手を持ち上げてトップハットを取り、ここが舞踏会の開かれる屋敷であるかのごとく教授に挨拶《あいさつ》をした。

「モリアーティ教授、ですな。このような無粋《ぶすい》な仮面を着けたままで、どうかご容赦《ようしゃ》願いたい。以前教授に仕事を依頼した人物から紹介状をもらって、こちらにうかがった」

ここで来訪者は懐《ふところ》から封筒を取り出し、招待状を見せる出席者のような気取った振舞《ふるま》いでデスクへ置くと、もう一度俺をちらりと見て、咳払いをしてから続けた。

「わたしはある人物の代理人としてここへ来ている。できれば、教授と二人きりで話をしたいのだが。非常にデリケートな依頼なものでね。だから、人払いを頼む」

だがモリアーティ教授は黙ったまま、頭をゆらゆらと揺らめかせている。

教授が何を考えているか判《わか》ったので、俺が口を開いた。

「おい、お前。今すぐその阿呆《あほう》みたいな仮面を外して、名前を名乗れ。代理人云々というでまかせも不要だ。さもなければ、とっとと帰れ。モリアーティ教授はな、信用できない相手からは絶対に仕事を請け負《お》わないんだ。念のために言っておくが、これだけ警告しても偽名を使ったら、命はないものと思え。それから、名乗らずにこのまま帰った場合でも、あんたが教授の気分を害したというペナルティが付くから、覚悟しておけ。ああ、言い忘れたが俺はモリアーティ教授の副官を務《つと》めている、セバスチャン・モラン大佐というものだ。俺の前で話ができないなら、最初から来るな」

おそらく彼は俺の名前も、俺が何者かも聞いたことがあったのだろう。慌《あわ》てて仮面を外した。顔の半分は見えていたので大体判っていたが、三十歳ぐらいの色白な男だった。俺の脅《おど》しのせいか、虎に狙《ねら》われて動けなくなってしまった子鹿のように、全身が固まっていた。

「た、大変失礼しました。無礼を働くつもりは、毛頭《もうとう》なかったのです。わたくし、オズワルド・リッジウェルと申します。嘘偽《うそいつわ》りないことは、調べて頂《いただ》ければ分かると思います。こちらへうかがったのは、どうしても邪魔な女がいて、その女を始末して頂きたかったのです」

モリアーティ教授はオズワルド・リッジウェルを睨《にら》みつけ、ようやく口を開いた。

「入ってきた時から、お前はいい家柄の生まれだが、最近は金回りが悪くて困っていることは判っていた。なぜなら、お前の着ている服はパリで仕立てられた上等な品だが、最新の流行ではなく何年も前のものだ。しかもよく観察すると、あちこちにほころびを繕《つくろ》った形跡がある。乗ってきた馬車もそれを曳《ひ》く馬もいいものだから、家には金がある。……消して欲《ほ》しい女とは、親類縁者だな」

オズワルド・リッジウェルは、目を丸くした。

「はい、全くおっしゃる通りです。お願いしたい標的は、ヨークシャー州ブラッドフォードのローレンシア・リッジウェル夫人。わたしの義理の姉です。兄はもう故人なので、彼女は未亡人なのですが。彼女自身、それなりの家柄の出でして。未亡人になった後に、彼女の父親が亡くなって、結構な財産を相続したんです。兄夫婦には子どもがいなかったので、彼女が今亡くなれば、その財産はわたしのものになります。ところが彼女が、再婚を考えているらしいのです。そうしたら、彼女の財産はもうわたしのものになりません。正直なところ、ご指摘の通り確かにわたしは現在ちょっと金に困っておりまして。数年前、投資に失敗して大損したのです。しかし義姉《あね》は自業自得《じごうじとく》だと言って、助けてくれないばかりか非難するのです。債権者からは、もうこれ以上は待てない、と迫られておりまして。このままでは、破滅です。ですので、あとはもう義姉に亡き人になって頂くしかない――そう考えた次第《しだい》です」

俺は鼻を鳴らした。「最初から正直にそう言えばいいんだ」

オズワルド・リッジウェルは、俺が喋《しゃべ》るだけでびくりとした。こいつが投資に失敗した理由がよく分かる。投資も博打《ばくち》の一種であり、度胸が必要だ。だが、明らかにこいつにはそれが足りない。義姉の死を望むが自ら手を下すことはできず、人頼み——それも度胸がないからだ。

モリアーティ教授は興味を抱《いだ》いたらしく、デスクに両肘《ひじ》を突き、両手の指を組み合わせて言った。

「リッジウェル夫人が再婚をするかもしれない相手というのは誰だ」

「サー・パーシヴァル・ブリスです。ヨークの」

「ふむう」教授が唸った。「品行の悪い奴が相手だったら、そちらを脅して金を巻き上げるという手段もあったが、サー・パーシヴァル・ブリスは謹厳実直《きんげんじっちょく》な輩《やから》だ。尻尾《しっぽ》を摑《つか》むのは難しかろう」

俺はその後を続けた。「では、やはりリッジウェル夫人を狙うのが簡単だな。……それで、リッジウェル夫人が再婚する前に死ねば、お前はいくら遺産を相続することになるんだ？」

オズワルド・リッジウェルが答える前に、俺は重ねて言った。「ここでお前がまた嘘をついたら、大変な目に遭《あ》うぞ。よく考えて答えろ」

「あ、いえ、嘘だなんて」オズワルド・リッジウェルはうろたえた。「最初から、本当のことを言うつもりでしたから。そうですね、大体の金額になるのはお許し下さい、およそ十万ポンドです」

ほう。俺は心の中で口笛を吹いた。これはまた、結構な額だ。

モリアーティ教授はしばらく首を傾けて黙っていたが、やがて口を開いた。

「よかろう。六万ポンドで引き受けてやる」

「ええっ、そんな。それじゃ、半分以上……」とオズワルド・リッジウェルは小さな声で言った。

馬鹿な奴め。正体を隠して依頼をしようとしたりなどせず、最初から全《すべ》て明かしておけばよかったのに。なまじ誤魔化《ごまか》そうなどとしたから、依頼料が倍に跳《は》ね上がったのだ。

「本来ならば、先に手付金も支払ってもらうところだ」とモリアーティ教授。「だが今のお前には、自由になる金は手元にあるまい。だから特別措置として全額成功報酬にしてやる分、額が高くなるのだ。お前の相続額がもっと高かった場合は、お前が嘘をついたのではなくあくまで計算違いということにしてやる。その代わり、全相続評価額の六十パーセントを頂く。六万ポンドは、最低額だ。お前の相続額がもっと低くても、私が頂く依頼料は負けられない。……相続額が六万ポンド以下だった場合は、さすがに考慮してやってもいいがな」

オズワルド・リッジウェルは、考え込んでいる様子だった。

俺はこの間抜けに、警告してやろうかどうしようか迷った。こいつが今ここでモリアーティ教授の申し出を蹴《け》ったら、まず確実に消されるに決まっている。そして教授は、偽《にせ》の相続人を用意しておいた上でリッジウェル夫人を亡きものにし、彼女の遺産をまるごと頂くだろう。

それに思い至ったのか、それとも単に断る勇気がなかったのか、オズワルド・リッジウェルはうなずいた。

「わかりました。それでも構《かま》いません。さもなければ、一ペンスも入らなくなって破産するかもしれないんですから。お願い致します」

「よし。お前の連絡先をモラン大佐に伝えておけ」と教授。

「は、はい」

オズワルド・リッジウェルが出て行った後、馬車が走り去るのを窓から眺めていた教授は、やがて俺の方に振り返った。

「ではモラン大佐、この『R夫人暗殺計画』に関しては、最初の立案から全てお前に任《まか》せることにしよう。あくまで、事故に見せかけろ。殺人だと世間に知られたら、相続に支障を来《きた》すかもしれんからな」

「承知した、教授」と俺は言った。

「準備及び実行に当たるのは、お前ひとりでなくて構わない。組織の人間を、使いこなしてみろ。人材の選択は、手伝ってやる」

「了解」俺はうなずいた。

教授は、俺にすら冷徹な目を向ける。本当に副官に相応《ふさわ》しいかどうか、見極《きわ》めるように。

大きな鞄《かばん》を持ち、歩く男性。大量の荷物を運ぶ赤帽。響き渡る、駅員の大声。機関車から漏《も》れる、しゅうっという蒸気の音。群れ集《つど》う人々から湧き上がる、ざわめき。

俺は今、キングズ・クロス駅のプラットフォームに立っていた。間もなく、このプラットフォームにヨークシャーからの汽車が到着する。

モリアーティ教授の犯罪網は現在グレート・ブリテン島全土に広がりつつあった。コーンウォールから、スコットランドに至るまで。俺は教授から暗殺指令を受けてすぐに、ブラッドフォードに近いリーズのマクナーテンという犯罪者に連絡を取った。マクナーテンは主に楽譜を扱う印刷業者だが、裏では偽札造りをしている。腕前は他者の追随《ついずい》を許さず、英国に出回る偽札の四分の一は彼の手によるものだと言っても過言ではない。モリアーティの名のもと、リッジウェル夫人に関する下調べを頼むという旨《むね》の電報を打ったのだが、すぐに「了解しました」との返信が届いた。

やがて、マクナーテンから包みが郵送されてきて、包装を解《と》くと大判の冊子が出てきた。一見するとブラームスの楽譜だが、表紙を開けば、中身はリッジウェル夫人について綴《つづ》った詳細な報告書だった。

表紙と扉をめくったところに、リッジウェル夫人の似顔絵があった。さすがは偽札造りだけあって、写真を基《もと》にした銅版画のように細かく描かれている。アーモンド形の目、頬《ほお》はふっくらとし、口元には優しげな笑みをたたえている。隣のページに四十二歳、とあるが、それよりも若く見える。

後のページには、彼女の行動が記《しる》されている。地元での近所付き合い、教会での慈善事業、再婚相手と目《もく》されるサー・パーシヴァル・ブリスとの逢引《あいびき》……。ページをめくる俺の手が止まった。リッジウェル夫人は基本的にブラッドフォードにいるが、仲の良い従姉妹《いとこ》がロンドンにおり、彼女とお茶会を開くため月に一、二回、ロンドンへ出てくるというのだ。俺は好都合な情報に喜ぶと同時に、舌打ちをした。オズワルド・リッジウェルめ、依頼の時点でこういう重要なことを話さなくてどうする。

ロンドンへ上京の際は、ナイツブリッジのアレクサンドラ・ホテルを定宿にしている。このホテルの中でも気に入っている部屋があり、いつも同じ部屋を予約するのだ。このホテルを基点にして、従姉妹のもとへ赴《おもむ》く。稀《まれ》に、百貨店で買い物をすることぐらいはあるが、あちこちへ出かけることはあまりせず、滞在が終わればすぐにブラッドフォードへ戻るのだった。

リッジウェル夫人がいつも乗る汽車の時間、次にいつロンドンへ行くかという予定も調べてあった。……三日後だった。俺は偽楽譜を閉じると立ち上がり、手配に走った。

――そんな次第で俺は今、プラットフォームでリッジウェル夫人の乗った汽車の到着を待っているのである。

十五分前から俺は柱の横に立っていた。タバコをくわえて新聞を読み、誰かと待ち合わせをしている体裁《ていさい》だ。

遠方で、汽笛《きてき》の音が聞こえた。やがて、予定時刻よりも僅《わず》かに遅れて、目的の汽車が駅に入ってきた。マクナーテンは用意周到《しゅうとう》に、リッジウェル夫人がどの車両に乗ったかを電報で知らせてきた。俺の目の前に停まったのが、その車両のはずだ。

やがて、リッジウェル夫人らしき女性が、使用人たちと共に降車した。俺は顔を見られないように新聞を少し持ち上げて、目から上だけを覗《のぞ》かせる。マクナーテンの似顔絵のおかげで夫人のことは一発で判ったが、万が一似た女性が乗っていて間違えた、では意味がない。

ひとりの若い洒落男《しゃれ》が通りかかり、彼女の前で足を止める。

「おや。リッジウェル夫人ではございませんか」そう言うと、男は帽子を取り、深々とお辞儀《じぎ》をした。

「そうですが。どなたでしたかしら」

「以前、パーティでご一緒させて頂いた者で、アーサー・ニールと申します。その際はきちんとご挨拶できませんでしたもので。次にお会いする際には、よろしくお願いいたします。それでは、失礼致しました」

洒落男は再び礼をすると、その場を去った。リッジウェル夫人はちょっと小首を傾《かし》げていたが、機嫌は良さそうに再び歩き出した。

もちろん、今の洒落男はアーサー・ニールなどという名前ではなく、モリアーティ教授の支配下にあるバルコンという結婚詐欺《さぎ》師だ。リッジウェル夫人が本人であることを確認するために、俺が用意した〝安全策〟だ。

十数えた後、俺は新聞を畳んで脇に抱え、リッジウェル夫人たちを追いかける形で歩き出した。

夫人の一行は、駅舎を出たところで四輪の辻馬車に乗った。俺も急いで二輪辻馬車《ハンサム》に飛び乗った。無言で合図をすると、夫人たちの馬車を追って走り出す。この二輪辻馬車も、実は教授の一味だ。客を乗せて普通の営業もするが、いかにも獲物になりそうな無防備な金持ちが乗ると、たちまち強盗に早変わりするのだ。

四輪辻馬車は、表通りを走り、交差点を曲がり、一時は渋滞に巻き込まれかけたが無事に通り抜け、公園を通り過ぎ、ナイツブリッジのアレクサンドラ・ホテルの前で停まった。馬車から降りた夫人たちは、ホテルへ入っていく。

御者《ぎよしや》に命じて二輪辻馬車を道路を挟んだ向かい側に停めさせ、そこからホテルを観察する。やがて、三階の窓のひとつを開けるリッジウェル夫人の使用人の姿が見えた。あそこが、いつも泊まる部屋だ。

十五分後、俺は馬車を引き揚《あ》げさせた。この日の監視は、ここまでだった。

翌日も、俺はリッジウェル夫人の監視、情報収集を続けた。夫人はチェルシーに住む従姉妹を訪ね、何時間も出てこなかった。ようやく出てきたリッジウェル夫人は、真《ま》っ直《す》ぐホテルに戻った。

そしてそのまた翌日、リッジウェル夫人はキングズ・クロス駅へ行き、ヨークシャーへと帰っていった。……完全に、マクナーテンの情報通りだった。今回の件がうまくいったら、奴には報酬を奮発《ふんぱつ》してやらねばならない。そういう配慮も、組織の副官としての務めだ。

一通りの情報収集を終えた俺は、熟考した。複数の計画を立案し、細部を比較検討する。殺害の場所、使用する武器、現場から逃走する経路。それらをランク付けし、実現可能性の低いものから切り捨てていく。

最終的に残ったのが、ベストの計画だ。――だが、これを実行するにはどうしても乗り越えねばならない難関がある。

俺は教授の部屋を訪れ、ドアをノックした。いるはずなのに全く返答がないので、俺はドアを少し開けて、中を覗いた。教授はデスクに着いて、数式の並ぶ本を開いていた。以前、同じような状況の際に声をかけたところ「計算をしているので邪魔をするな」と叱責《しっせき》された。その時の蛇のような目は、忘れることができない。だから俺は、静かに部屋に入り、黙ったまま立っていた。

数分後、モリアーティ教授は顔を上げて言った。

「リッジウェル夫人の件だな。何の相談だ」

俺は事情を全て話した。俺の立てた計画と、その問題点と。

教授は、すっくと立ち上がると手を後ろに回し、部屋の中を行きつ戻りつし始める。考え込んでいるのは明らかだった。

やがて窓際で足を止めたかと思うと、くるりとこちらを向き、デスクに戻り、腰を下ろした。引き出しから便箋《びんせん》を取り出し、ペンを走らせた。書き上げると封筒に入れ、指輪で封蠟《ふうろう》に印を押す。もう一枚便箋を取ると走り書きをして、その便箋と先の封筒を俺に寄越《よこ》した。

「この便箋に書いてある住所へ行くのだ、大佐。そこにいるフォン・ヘルダーという男に、お前の事情を話せ。大丈夫だ、奴とは古い付き合いだから、信頼できる。秘密を守るという意味でも、期待に応《こた》えてくれるという意味でも。きっと、お前の問題を解決してくれるはずだ。封筒には、私からの紹介状が入っている。これを奴に渡せ」

俺は便箋を眺め、言った。

「フォン・ヘルダー……どこの人間だ？」

「ドイツ人だ。それ以上はぐずぐず詮索《せんさく》してないで、すぐに行ってこい」

俺は素早く便箋を折り畳み、封筒と共にポケットに仕舞《しま》った。モリアーティ教授が〝すぐに〟と言ったら、本当にすぐにでなければならない。従わなければ、彼に反抗したことになる。面倒は避けるべきだ。俺は教授のもとを辞去《じきょ》し、馬車に飛び乗って、指定された場所へと向かった。

俺はステップニーの一角を歩いていた。通りは、騒音に満ちている。金属を強く叩く音、グラインダーで何かを削《けず》る音、油の切れかけた機械がきしみながら動く音。——ここは、小さな工場が幾《いく》つも固まっている地域なのだ。歩いている人間も、いかにも職工という外見の男ばかりだ。俺の目的地は、そんな場所の中の一軒だった。

モリアーティ教授が記した住所で、俺はドアのノッカーを叩いた。……返答はない。周囲の物音に、紛《まぎ》れてしまっているようだ。仕方なく、改めて激しくノッカーを鳴らした後、ドアを開けて「すまんが、入らせてもらうぞ！」と大声で叫んだ。

入ってドアを閉じると、外の音は聞こえなくなった。代わりに、奥から旋盤《せんばん》で金属を加工する音が響いてきた。周囲はボルトの詰まった箱や金属管の束《たば》、積み上げた金属板などが山になっている。俺がそれらを避けつつ進むと、作業服を着たひとりの若者がハンマーを片手に現われた。前に小さなつばのある帽子の下からは、灰色の目がこちらを睨んでいた。まだ十代かも、という幼い顔は、黒い油で汚れていた。手にしているハンマーが、簡単に人を殴《なぐ》り殺せる大きさなのが気になった。

若者は足を止め、俺をじろりと睨んだ。

「勝手に入ってきてもらっちゃ、困る」

――まさかこの若造が、モリアーティ教授が信頼しているというフォン・ヘルダーなのか？　……いや、教授は〝古い付き合い〟と言っていた。

その時、奥の方からしわがれた声が聞こえた。

「どうした、フランツィ？」

フランツィと呼ばれた若者は、甲高《かんだか》い声で叫んだ。

「許しもなく入ってきた奴が……」

それ以上面倒なことになる前にと、俺は遮《さえぎ》るようにして言った。

「俺はフォン・ヘルダーに用事があってきた。紹介状もある。プロフェッサー……」

モリアーティ、という名前を最後まで口にする前に、若者の目の色がさっと変わり、後ろへ振り返って大声を出した。

「父さん《ファーター》！　教授のところから来客が！」

「こっちへ連れてこい、フランツィスカ」と、奥からの声。

俺は相手を改めて眺めた。〝フランツィ〟というのはフランツではなく、フランツィスカだったのか。……こいつ、女か。

フランツィスカは、顎《あご》をしゃくってついて来いと合図した。振舞いはまるで男だ。後ろから、フランツィスカの尻を観察する。小ぶりだが、この丸みは確かに女のものだ。

フランツィスカの尻にばかり気をとられていないで、周囲を観察する。広くはない作業室に、様々な種類の金属加工用の機械がぎっしりと並んでいる。

奥の方に、万力《まんりき》で金属管を固定し、それにヤスリをかけている初老の男性がいた。少しヤスリをかけては、その箇所に指を滑らせて確認している。

男性が顔を上げた。その眼は、両方とも白く濁《にご》っていた。視線も、こちらを捉《とら》えていない。視力を失っているのだ。

「その足音、その体臭。ここへは初めてだな」と男は言った。

「セバスチャン・モラン大佐だ。あんたがフォン・ヘルダーだな？」

「そうだ。……フランツィ、大佐から紹介状を受け取って、確認しろ。モリアーティ教授の使い《し》を騙《かた》るような痴れ者がいるとも思わんが、万が一何かあっては困るからな」

「はい、父さん」

そう答えたフランツィスカに、俺は紹介状を懐から出して手渡した。彼女はまず封筒に目を近づけ、舐《な》めるように見た。……この女、磨き上げてドレスを着せれば、結構なレディになるんじゃないか。

「封蠟の印は、モリアーティ教授の指輪のものに間違いありません」彼女は言った。

フランツィスカはそれから封筒を開封して便箋を取り出し、それに目を通した。

「この書状を持参したセバスチャン・モラン大佐の話を聞き、それに相応しい代物《しろもの》を用意するように、と書かれています。署名も、確かにモリアーティ教授のものです」

俺は彼女の評価を一気に上げた。教授の印と教授の署名を知っており、それを本物か否《いな》か一目で認識できるのは、絶対に只者《ただもの》ではない。

フォン・ヘルダーが、ニッと笑った。「お主、フランツィスカの鑑識眼に驚いておるな。なに、顔は見えずとも、聞こえる呼吸音やら何やらで判るのだ。目が見えない分、他の感覚が鋭くなっていてな。……フランツィスカは器用な奴でな。ここで儂《わし》の助手を務められるだけでなく、印章の複製、署名の偽造など、お手の物だ。それを覚えておいて、何か必要となったら使ってやってくれ」

「うむ」と俺は答えた。

それから俺はフォン・ヘルダーとフランツィスカに、自分が何をしようとしているのか、何を必要としているのか、計画の全てをさらけ出した。

話を聞き終えたフォン・ヘルダーは、腕組みをして考え込むと、言った。

「空気銃だな。それしかない」

「やはりか。俺もそう考えていた。だが、それには問題がある」

「ふむ。ちゃんと理解できているようだな」フォン・ヘルダーが、またしてもニッと笑みを浮かべた。「言ってみろ」

「一番の問題は、威力だ。空気銃は火薬を使わない。圧搾《あっさく》空気で、弾丸を発射する。そのため弾丸の貫通力が、通常の火薬の弾丸に比《くら》べ、圧倒的に弱い」

「よしよし、正解だ」フォン・ヘルダーはうなずいた。「だがな、それだからこそモリアーティ教授はお前さんをここへ寄越したんだ。……安心しろ、驚異的な威力を持つ、特別な空気銃を作ってやる。その代わり、使いこなすのが大変だぞ。ちょっとこっちへ来い」

俺がフォン・ヘルダーの目の前まで行くと、フランツィスカが彼の手を俺のところへ誘導した。フォン・ヘルダーは俺の肩、上腕、前腕と順番に撫《な》でた。

「ほほう。なかなかいい身体《からだ》をしている。軍隊生活は伊達《だて》じゃないようだな。これなら、扱えるだろう」

彼は最後に、俺の指を触《さわ》った。

「がっしりしている割に、繊細《せんさい》な指をしている。カード捌《さば》きが得意なんじゃないか？」

触れただけでそこまで判るとは、やはり並々ならぬ感覚の持ち主のようだ。この男ならば、任せても大丈夫だろう。

俺はもうひとつの問題点を挙《あ》げ、相談した。フォン・ヘルダーは、即座にうなずいた。

「それも、儂にかかれば簡単なことだ。任せておけ」

そう言って彼は、いとも容易に解決策を出してくれた。確かに解決はするが、フォン・ヘルダーには大きな負担となるはずの策だった。

俺は使用する日時――計画実行予定日を伝えた。

「その日までに間に合うか」

「余裕で間に合わせてやるとも。細かな調整もしなければならんから、お前さんにはまた何回か来てもらおう。まずは採寸だ。……フランツィ、彼の腕の長さその他、ひと通り測《はか》りなさい」

「はい、父さん」

フランツィスカは引き出しから巻尺を取り出すと、俺の身体のあちこちの長さを測り始めた。俺は作業する彼女の細い首筋にちらりと目を走らせた。……ここへ通うのも悪くなさそうだった。

俺はその日から連日のように、フォン・ヘルダーの工場へと足を運んだ。フォン・ヘルダーの手にかかると、最初はただの金属管やバネや金属の小片に過ぎなかったものが、みるみるうちに銃の形をとっていった。仮組みの段階で何回も俺に構えさせ、またバラして部品に戻しては、調整を繰り返していく。フォン・ヘルダーはフランツィスカの手こそ借りているものの、盲目とは信じられぬ熟練の技を見せた。

ある日、工場へ行くと、そこには組み上がった空気銃が置かれていた。

「おお、遂《つい》に完成したか」

俺がそう言うと、フォン・ヘルダーは首を左右に振った。

「いいや、馬鹿なことを言うな。まだまだ、仕上げはこれからだ。……フランツィ、銃を持ってきなさい。大佐、こちらへ」

フォン・ヘルダーは、目が見えないとは思えぬ動きで、工場の奥へ向かった。ここは勝手知ったる場所ゆえ、何がどこにあるか全て知り尽くしているのだろう。フランツィスカも、細心の注意を払って物の置き場所を変えないように努めているに違いない。

フォン・ヘルダーの後に空気銃を抱えてフランツィスカが続き、俺を促《うなが》した。俺は二人を追った。

扉を抜けると、そこは幅の極端に狭い、細長い部屋だった。だがそれも当然で、向こう端に同心円状の〝標的〟があった。ここは規模は小さいながらも、射撃場だったのだ。製作した銃の〝試験場〟、ということになる。

「よし大佐、使ってみろ」とフォン・ヘルダー。

フランツィスカが、空気銃を示す。

「銃身の下部がポンプになっています」とフランツィスカ。「上に付いている空気圧のメーターがフルになるまで、ポンプを操作して下さい。弾は込めてあります」

「わかった。寄越せ」

俺は空気銃を受け取り、指示通りにポンプを使った。最初は軽かったが、徐々に抵抗が強くなる。だが、なかなかフル充塡《じゅうてん》にならない。初めて会った日にフォン・ヘルダーが俺の身体を触ったのは、腕力を確認するためだったのだ。全力近くまで腕の筋肉を使い、充塡を終えることができた。

音で判ったのだろう、フォン・ヘルダーが「ほう」と言った。

「予想よりも早かったな。それでこそ、特注品を作った甲斐《かい》があるというものだ。では、撃ってみろ」

俺は構え、慎重に引き金を引いた。圧搾空気の噴出される音に続いて、弾が空気を切る音、標的に弾が当たるぱしんという音が聞こえた。普通の火薬弾だったら、大きな発射音にかき消されて聞こえないような音ばかりだ。——これなら、使える。計画が、成立する。

だが、正確に中心を狙ったはずの弾は、やや右上に当たった。

「一時の方向へ三インチ」とフランツィスカが言った。命中位置を、中心からの方向と距離でフォン・ヘルダーに伝えたのだ。

「大佐、それは二連発だ。しかも、先ほどのフル充塡で二発とも発射できる。もう一発、撃ってみてくれ。今のズレのことは忘れて、中心を狙って」

二連銃身なので連発なのは当然気がついていたが、空気も二発分だったのか。力が必要だったわけが分かった。これだと、いちいち空気を入れずとも続けて撃てる。願ったりかなったりだ。

俺は姿勢を変えずに撃った。先ほどの弾が開けた穴が、僅かに大きくなった。全く同じ位置に命中したのだ。

フランツィスカが、その旨を父親に教えた。

「ふむ、フランツィスカよりは的《まと》の中央に集まっているが、それでもやはり微妙に誤差があるな」

俺は思わずフランツィスカを見た。

「お前も、これを撃ったのか？」

フランツィスカはうなずくと、小さな声で言った。

「ええ。空気銃だから反動は小さいので、あたしにも扱えました。さすがに空気の充塡は無理で、父さんと二人がかりでしたけど」

「なに」フォン・ヘルダーがにやりとしながら言った。「この娘は謙遜《けんそん》しているが、普通のライフルだって撃てる。長年、儂の銃の試し撃ちをしているからな。そんじょそこらのハンターよりは、よほどいい腕だぞ。もちろん、あんたには及ばないがな、大佐」

俺はその後も、弾込め、空気充填、射撃を何回も繰り返させられた。さすがに腕がぱんぱんに張ってきて、狙いもズレが大きくなってきた。

「……よし、今日はこれで十分だ」フォン・ヘルダーは言って、俺から空気銃を受け取った。「明日また同じ時間に来てくれ。それまでに調整しておく」

それから数日、俺はフォン・ヘルダーの工場に通い、射撃試験を繰り返した。やがて最終日。俺の発射した弾は、全て標的のど真ん中を撃ちぬいた。

「よし、これで完成だ」フォン・ヘルダーが宣言した。「どうだ大佐、手ごたえは?」

「うむ」俺は空気銃を下ろし、うなずいた。「これならいけると思う。いや、間違いなくいける。礼を言うぞ、フォン・ヘルダー」

俺は改めて、空気銃を撫でた。

「狙いが正確になっただけでなく、日に日に、手に馴染《なじ》むようになっていった。今では、十年来の愛用品のようにしっくり来る」

「ああ、それなら儂だけでなく、娘のことも褒めてやってくれ。銃身の調整は儂がやったが、銃床《じゅうしょう》をお前さんの手に合わせるため丁寧《ていねい》に紙やすりを掛けたのは、フランツィスカだ」

フランツィスカに視線を向けると、彼女は目を伏せていた。

「よくやってくれた、フランツィスカ」

俺が礼を言うと、彼女は口元に微《かす》かに笑みを浮かべ、小さくうなずいた。

「さあ、ケースを用意してやってくれ、フランツィ」フォン・ヘルダーが言った。

彼女が運んできたケースには、空気銃がぴったり収まった。持ち上げると、持ち手もしっくりと馴染んだ。これも、フランツィスカの職人技だろう。

計画実行予定日の、二日前のことだった。

その翌日。俺はステッキを片手に、リージェンツ・パークへ足を運んだ。老若男女《ろうにゃくなんにょ》、人々が楽しげに散策している。だが、俺が用があるのは、公園そのものではない。公園の中にある限られた場所——ロンドン動物園だ。

この中は、俺のようにひとりで来ている大人の男はほとんど見られない。大体が子供連れの家族か、恋人たちだ。人々に圧倒的に人気のあるのは、ゾウだ。係員の指示のもと、ゾウの背中に乗ることもできる。だが俺はその前を素通りする。

俺が向かったのは、ライオン舎だ。ここはライオンをはじめ、トラ、ヒョウ、ジャガーなど、大型ネコ科の猛獣たちがいる。俺はトラの檻《おり》の前に立ち、意識を集中した。強い獣の臭いがする。懐《なつ》かしい。

段々と、インドでハンティングをしていた頃の感覚が戻ってくる。これだ。これが欲しかったのだ。俺はトラを凝視《ぎょうし》する。

トラは、さっきまで檻の中でゆったりと寛《くつろ》いでいたのに、不安げにうろうろとし始める。動物の感覚で、ハンターである俺に〝狙われて〟いるのに気がついたのだろう。

俺はステッキを銃のように構え、トラに狙いを定めた。ぴったりと照準が合うと同時に「バン」と発射音を口にした。

トラが、びくりと跳ね上がった。命中だ。

よし。これで大丈夫だ。――俺はロンドンという狩猟場の、ハンターだ。


かくして、いよいよ実行当日となった。

俺はモリアーティの箱型馬車と、その御者であるモズリーを借りた。今回は、先日のように二輪辻馬車を使うわけにはいかない。座席がむき出しの二輪辻馬車では、俺が取る行動が周囲から丸見えになってしまうからだ。

俺を乗せた箱型馬車は、キングズ・クロス駅の外に停まった。馬車を待たせたまま、俺は駅の中に入る。

先日と同じようにプラットフォームで待っていると、先日と同じように汽車が入ってきて、リッジウェル夫人が使用人を連れて降りてきた。先日と違うのは、洒落男アーサー・ニールに扮《ふん》した結婚詐欺師バルコンがいないことぐらいだ。

リッジウェル夫人が駅舎を出て四輪辻馬車に乗ったので、俺も箱型馬車に飛び乗り、発車させた。夫人の四輪辻馬車は、前回とほぼ同じルートを辿《たど》って走った。彼女が今日もナイツブリッジのアレクサンドラ・ホテルに宿を予約してあることは、調べておいた。俺は窓から前方を覗き、監視を続ける。その間に、箱型馬車の扉に固定しておいた紐《ひも》の、反対の端を自分の片足——扉から遠い側——に縛《しば》り付けた。俺は両手のひらを擦《こす》り合わせる。汗はかいていない。緊張してない証拠だ。

ポンプで、銃への空気充填もしておく。いつ、何があってもいいように。

バークレー街で、遂に絶好の機会となる局面がやってきた。俺は空気銃を取って構えると、扉を少しだけ開けた。全開にしたら、いくら箱型馬車とはいえ目撃される可能性がある。窓から身を乗り出さないのも、同じ理由だ。外側の足で扉を押し開き、内側の足に繋《つな》がっている紐で開き過ぎないように調節する。

前方に、狙いをつけ——引き金を引いた。

俺の狙いは正確だった。的を全く外さずに命中した。的は——リッジウェル夫人の乗った四輪辻馬車の、右後輪部分の車軸である。

間を置かずに、二発目を発射する。これも、全く同じ箇所に命中。

木の割れる音と共に、右後輪が外れた。馬車の車体が傾き、右後部が路面に落ちて激しい衝撃音を立てる。しかし、横転まではいかなかった。

もっとも、これは予想通りである。失敗ではない。予定通り、今すぐ次の行動に移らねばならない。次の射撃だ。もちろん、これから空気銃に空気を充塡していては、間に合わない。俺は撃ち終えた空気銃を座席に放り出し――もう一丁の空気銃に手を伸ばした。

フォン・ヘルダーの空気銃は、二連発。だからそれ以上連発したければ、空気銃を増やせばいい。「三発、四発と続けて撃ちたい場合はどうすればいいか」と訊《たず》ねた俺に、フォン・ヘルダーはそう言った。そして作業を同時並行し、二丁の全く同じ空気銃を製作したのだ。

それもあって、俺は毎日のようにフォン・ヘルダーの工場へ通い、試射を繰り返さねばならなかったのだ。銃床の端々《はしばし》まで、そっくりそのままにフランツィスカが仕上げてくれた。この俺でも、区別が付かないほどの〝双子〟の空気銃が完成したのだ。

第二の空気銃を構え、俺は即座に引き金を引いた。一発、二発。

狙いは過《あやま》たず、標的に命中した。リッジウェル夫人の乗る馬車の、扉の蝶番《ちょうつがい》に。扉が外れ、傾いていた馬車から白いものが転《ころ》がり落ちた。ローレンシア・リッジウェル夫人その人である。

リッジウェル夫人は反対側の車線に転倒し――そこに勢い良く、対向車が走ってきた。

何か重い荷物を載《の》せた、荷馬車である。

荷馬車の御者は、咄嗟《とっさ》に反応はした。しかしタイミング的に、避けることは不可能だった。俺がそうなるように計算して、馬車を撃ったから。

荷馬車の馬の蹄《ひづめ》がリッジウェル夫人の胴を踏みつけ、続いて車輪が夫人の上を通過した。

リッジウェル夫人の上半身と下半身は、舞台の奇術のように、まっぷたつになった。これは種《たね》も仕掛けもないから、二度と元に戻ることはない。

俺は空気銃を下ろしながら、内側の足を強く引いた。紐に引かれて、扉が即座に閉まる。拳《こぶし》で、馬車の天井を四回叩いて合図をした。馬車は左に車線を移し、傾いたまま立ち往生《おうじょう》しているリッジウェル夫人の馬車の横を通過した。

「奥様！　奥様！」と、使用人の悲鳴のような叫び声が聞こえた。それが徐々に後ろへと遠ざかっていく。

俺の計画は、予定通りに完全に成功した。実は、万が一タイミングよく対向車が来ない場合に備《そな》えて、リッジウェル夫人を〝轢《ひ》く用〟の馬車も用意してあった。だが、それはあくまで予備で、使わないに越したことはなかった。通りすがりの対向車の方が、絶対に足がつかず、事故として処理されるからだ。

俺は二丁の空気銃をケースに収め、足下の陰に置いた。これで万が一警察に制止されて馬車を覗き込まれるようなことがあっても、気が付かれはしないだろう。

ポケットから葉巻を取り出し、マッチで火を点《つ》ける。煙を大きく吸い込む。いい気分だった。ハンティングのあとの一服は、格別だ。

煙を吐き出した後、俺はまた天井を叩いて御者の注意を喚起《かんき》してから、言った。

「モリアーティ教授のところへ」


モリアーティ教授は俺を迎えるや、開口一番に言った。

「うまくいったようだな」

教授は、俺ですら把握しきっていないほどの情報網を持っている。俺がリッジウェル夫人殺害を果たした数分後には、その報がここへもたらされていたに違いない。

「ああ。明日の新聞には、事故として報道されるはずだ」と俺は答えた。

「シャーロック・ホームズがまだロンドンに戻っていないのは幸いだったな。フォン・ヘルダーの武器は、どうだった」

「正《まさ》に、この件にぴったりだった。教授が彼のことを紹介してくれなかったら、うまくいかなかったかもしれない」

「それが私の仕事だからな。お前という駒と、フォン・ヘルダーという駒を同時に使うことによって、リッジウェル夫人暗殺というゲームに勝利することができたのだ」

駒か。副官であり名狙撃手《そげきしゅ》でもあるこのセバスチャン・モラン大佐さえ、ジェイムズ・モリアーティ教授にとっては駒のひとつにしか過ぎないのだ。

まあ、別にそれでも構わない。盤上に置かれ続けている限りは。不要の駒として、見捨てられてしまわない限りは。

俺は改めて、暗殺までの経緯を順に報告した。モリアーティ教授は大きくうなずくと、言った。

「よし、上出来だ。後は依頼人――オズワルド・リッジウェルに、可及的速《かきゅうてきすみ》やかに、ここへ来るようにと連絡を取れ」

「承知した」

オズワルド・リッジウェルは、義姉が死亡したために慌てて駆けつけた、という態《てい》で上京し、その際にモリアーティ教授のところへもやってきた。彼は大いに喜んでおり、実際に相続が行われ次第報酬を支払う、と確約した。

後日談になるが、オズワルド・リッジウェルの相続した遺産は確かに十万ポンドに相当した。だが、銀行預金など現金は、四万ポンド程度しかなかった。オズワルド・リッジウェルは慌てて報酬の減額をモリアーティ教授に求めたが、それは教授の「次はお前が死にたいのか」の一言で却下《きゃっか》された。結局、教授は現金で四万ポンド、株券や貴金属などで二万ポンド分を受け取った。オズワルド・リッジウェルの手元に四万ポンド分の資産は残ったが、それは土地や屋敷など、現金化しにくいものばかりだった。

俺は、教授から現金でたっぷりと報酬を頂いた。それを元手にカード賭博《とばく》をし、更に金を増やした。ハンティングに成功した後は、まだツキが残っているものだ。


リッジウェル夫人暗殺の数日後のことだ。俺は礼と報告を兼ねて、ステップニーのフォン・ヘルダーを訪ねた。入り口で、フランツィスカが迎え入れてくれた。

彼女は開口一番言った。

「新聞を読みました。うまくいったんですね」

「ああ。お前の父親と、お前のおかげだ」

「どうぞ奥へ。父が、首を長くして待っています」

フォン・ヘルダーは、これまでに会った中で、一番の上機嫌だった。自分の作った武器が期待通りの性能を発揮し、計画の実行に寄与《きよ》したのだから、それも当然だろう。

「やあ、モラン大佐」彼がそう言いながら手を差し出してきたので、俺も手を伸ばし、固く握手をした。「話は聞いている。全体については、お前さんからわざわざ聞かなくてもいい。空気銃の現場での使い勝手や、何か気付いたことがあったら教えてくれ」

揺れている馬車の上でも狙いを付けやすかったこと、期待通りの威力を発揮したこと、四発も撃ったのに静かな発射音のおかげで誰も気付かなかったことなど、俺は報告した。

「今回は、俺の希望を全ていれてもらったから、不満は全くない。フォン・ヘルダー、あんたの腕前のおかげだ。心より礼を言う。これはモリアーティ教授からだ」

俺は懐から札のぎっしり詰まった封筒を取り出し、フォン・ヘルダーに握らせた。彼は封筒から札を半分まで出すと、端を一気にめくった。彼の繊細な指先では、それが偽札などではないことや、何枚あるかということが瞬時に判るのだろう。彼はにやりとした。

「よしよし、教授はきちんと俺を評価してくれたようだな。さて、うまくいった記念に祝杯としてパブで一杯……といきたいところだが、儂はこんな目をしているから、人ごみは苦手だ。おいフランツィ、儂のかわりに大佐を〈ハンマーと鉄床亭《かなとこ》〉にご案内して、お相手してこい。俺には、帰りに何かうまいものを買ってきてくれ」

そう言って、フォン・ヘルダーは封筒から札を何枚か抜き、フランツィスカに差し出した。

「はい、父さん」フランツィスカはそう言って、金を受け取った。それから、俺に向かって言った。「ちょっと待ってて下さい」

一旦《いったん》引っ込んだ彼女は、着替えて出てきた。いつもの作業服と工員帽から、一目で女と判るスカート姿になっていた。

〈ハンマーと鉄床亭〉は、フォン・ヘルダーの工場から歩いて五分ほどの角にあった。店の中にいたのは、いかにも工員や技師らしい男か、彼ら目当ての娼婦ばかりだった。常連客は馴染みのない俺に冷たい目を向けてきたが、一緒に入ってきたのがフランツィスカだと気付くと、すぐに空気が緩《ゆる》んだ。

二人ともエールのジョッキを頼み、乾杯する。フランツィスカは、なかなかの呑《の》みっぷりだ。

ジョッキの中身が半分以下になったところで、フランツィスカが言った。

「父は今、持てる技術を全てあたしに仕込もうとしています。フォン・ヘルダーの名を継げ、と」

「それはいい。お前の腕ならできるだろう」

「なのですが……ちょっと悩んでいることがありまして」

「ほう。なんだ」

「あたしが跡を継いだとしましょう。武器の製作を依頼する人間が工房を訪れてきて、あたしが出てきたら『なんだ、こんな小娘か』と思うでしょう。信頼されなかったり、舐めてかかられたりするんじゃないかと」

「うむ、確かにその通りだな。……よし。今のうちからお前の〝助手〟をできそうな男を探しておいてやろう。で、表向きはそいつがフォン・ヘルダーの跡を継いだということにしておくんだ」

「それは名案だわ、大佐」フランツィスカが顔を輝かせた。「さすがは教授の片腕ね」

「お前の腕前は、今回の一件で充分に見せてもらった。父親からお前に代替わりしても使ってやるよう、教授に進言しておく」

「ありがとうございます。助かります」

彼女はエールの残りを飲み干し、ジョッキを置くと言った。

「あと、ひとつ大佐に頼みがあるんです。聞いてくれます？」

「安請け合いはできん。話次第だな。取《と》りあえず、言ってみろ」

フランツィスカはテーブルに両肘を突き、こちらに身を乗り出した。

「あたしに、射撃を教えてくれませんか。もちろん、父の作った銃の試射で、それなりに銃を撃ってきたし、自慢じゃないけど、それなりの腕前も持ってます。だけどこれって、あくまで射的の的を撃つってことでしかなかったんです。外で撃ったことはほとんどないし、動物を撃ったことなんか、全くないんですよ。だから、大佐に射撃を――ハンティングを、教えて欲しいんです」

こいつは、ますます面白くなってきた。

「お前が撃ちたいのは、動物ってことか。それとも……人間か」

彼女は、ぺろりと唇を舐めた。それが実に色っぽくも、凄惨《せいさん》でもあった。

「正直に言うと……人間を、撃ってみたいと思う。だから可能なら、あたしを女狙撃手に仕込んでくれませんか。女で銃を使えるって、色々な状況での暗殺に役立つと思うんですけど——どうでしょう？」

俺はモリアーティ教授の犯罪組織の、副官だ。しかも組織はこれから、例の諮問《しもん》探偵と全面戦争になるだろう。有益な人材は、どんどん確保していかねばならない。——この女は使えそうだ。

「いいだろう。俺の狙撃術を、一から叩き込んでやる。言っておくが、俺はお前の親父《おやじ》さんよりも厳《きび》しいかもしれんぞ。軍隊式だからな」

「構いません。当代随一《ずいいち》の狙撃手に教えてもらえるなら、厳しいのは大歓迎なぐらい」

「いい根性だ」

俺は店主に合図をし、新しい酒を二人分持ってこさせた。

「我々の新たなる門出に、乾杯だ」

正に乾杯しようとした瞬間、ひとりの男が近付いてきた。周囲にまぎれており彼に注意を向ける人物はいなかったが、俺だけは気が付いた。

モリアーティ教授からの伝令だ。

伝令係の男は、折りたたんだ紙片を俺に手渡すと、小声で言った。

「教授からです」

「わかった。行っていいぞ」

紙片を開くと、僅かに一行だけ書いてあった。

——ＳＨが戻った　Ｍ

「どうかした？」とフランツィスカが問うた。

「……戦争が始まるぞ。覚悟しておけ」

俺は紙を握り締めた。

第六話　ワトスンになりそこねた男　医学助手スタンフォード

私はあの頃、ロンドンで最も不幸な男だった。その自信は揺るがない。あの人物に会ってしまったのが、全ての不幸の始まりだった。最初から嫌な感じはしたのだが、あれほどの目に遭《あ》おうとは、思いもしなかった。

あの人物——シャーロック・ホームズのせいで。

私は当時からセント・バーソロミュー病院——通称「バーツ」——で働いていた。ホームズとの初めての出会いも、バーツでのことだった。

その日、私はバーツに忘れ物をしてしまった。たかだか数枚の書類なのだが、翌日の朝に、すぐ必要となるものだった。それゆえ前の日のうちに完成させておくつもりだったのに、書きかけのまま持ち帰るのを忘れ、しかも気が付いたのが夜遅くなってからだったのだ。仕方なく私は、下宿からバーツへと向かった。

小さな通用口から入り、石の階段を上って、図書室へ向かう。幸い、書類は私の記憶していた通りの場所に置き去りになっていた。それを回収し、ほっとして入り口へ戻ろうとした、その瞬間のことだ。

からんからん、という音がどこかから響いてきて、私はぎょっとした。誰もいないと思っていたのだ。物が落ちただけだろうか、と耳をすますと、微《かす》かに足音が聞こえた。……誰かがいるのだ。

侵入者――泥棒だろうか。

私は忍び足で、音の聞こえる方へと暗い廊下を進んだ。灰褐色《はいかっしょく》の扉が並んだ、白い漆《しっ》喰《くい》塗りの廊下が続く。進むにつれ、私の足取りは重くなっていった。それには理由がある。

その先にあるのは――死体置き場だったのだ。解剖《かいぼう》用の死体が、幾《いく》つも保管されている場所である。

死体がひとりでに歩くなどということはない（稀《まれ》に、死亡と判定されたものの、実は仮死状態だったために生き返る、という話を聞かないわけでもないが）。泥棒目的の侵入者だったとしても、死体置き場に貴重品は置いてない。となると考えられる目的は、死体そのものか。つまり死体泥棒なのか。

昔、解剖したいがために新しい墓を暴《あば》いて死体を盗み出した、という事件が幾つもあった。これも同じ目的だとすると、ずうずうしい泥棒だ。解剖するための死体を、病院の解剖用死体置き場から盗み出そうとは。

死体置き場に近づくと、人を殴《なぐ》ったような、ばしん、という鈍《にぶ》い打擲音《ちょうちゃくおん》が中から聞こえてきた。続いて二発、三発。

一体何事か、と恐る恐る死体置き場の中を覗《のぞ》くと——そこには全く予想の範疇《はんちゅう》を超える光景が展開されていた。死体の置かれた解剖台の前に、長身痩軀《ちょうしんそうく》の男が立っていた。男は肉叩《たた》きのような棒を握り締めており、頭上まで振り上げたかと思うと、力いっぱい振り下ろした。先刻と同じ鈍い音を立てて、棒は死体の上腕《じょうわん》に命中した。

思わず、私は驚きの声を上げてしまった。途端に男が振り向き、鋭い視線をこちらに向けたので、私は凍り付いてしまう。その目が、感情をまるで感じさせない、氷のように冷たいものだったのである。死体を殴るのに、寸毫《すんごう》の躊躇《ためら》いもないようだった。

男は棒を握ったままで、私を凝視《ぎょうし》し続ける。私が前にも動けず、後ろにも下がれず、立ち尽《つ》くしたまま脂汗《あぶらあせ》を流していると、男が言った。

「何の用だ」

——恐れていた「見たな、殺す」でもなければ「逃がさん」でもなかった。このごく当たり前の言葉を聞いて、私の呪縛《じゅばく》は解《と》けた。同時に、何だか腹が立ってきて、私は口を開いた。

「それはこちらが訊《き》きたいですね。君はここで何をやっているんです」

「ご覧の通りだ。死体を叩いている」

そう言いながら、男は先ほどまでの棒を置いた。かと思うと、今度はステッキを手にしているではないか。そのステッキを振り上げるや、死体に振り下ろし、殴った。先刻とはまた異《こと》なった音が響く。

「そんなことは見れば判《わか》ります」と私。「なぜ、そんなことをやっているんですか」

男は死体の殴った部分に顔を近づけて、まじまじと見つめた。それから身を起こすと、溜息《ためいき》をついた。

「一から説明しないと分からないのか。だから誰もいない、この時間を選んだのに。——生きている間ではなく、死んでから肉体を叩いた場合、どのような影響が出るかを、叩く道具、叩く力、叩いてからの時間別に、調べているのだ」

「実験……ですか」

「そうだ」

「実験だとしても、そんな死体を叩くようなことを勝手にやるのは許されないはずです」

「許可は取ってある」

「死体を叩く許可？」私は驚いた。

男が答えるまでに、少し間があった。

「……正確には、死体を観察する許可だ」

「それって、嘘《うそ》じゃないですか」

「嘘ではない。実際、死体は観察する。但《ただ》し、叩いた後でだが。叩かない、とは言っていない」

「詭弁《きべん》です」

「詭弁ではない。極《きわ》めて論理的だ。許可を取りやすくするために、情報量を操作しただけだ」

私は呆《あき》れ返ってしまった。一体、これはどういう男なのだ。

「君は医学生？　医者ではないですよね、見覚えがない」

「どちらでもない。僕は研究者として、少し前からここに通い始めたんだ。……さあ、用事がなければ、もう邪魔しないでくれたまえ。僕は実験を続ける」

長身痩軀の男は、ステッキを乗馬用の鞭《むち》に持ち替えた。そして、死体を激しく叩く。彼が手を休めた際に、私は言った。

「最後にひとつだけ。君、名前は？」

男は、ちらりとこちらを見た。

「シャーロック・ホームズ」

すんなりと教えてくれたので、やや肩透《す》かしだった。ここでまたひと悶着《もんちやく》あるかと思っていたのだ。

「私はスタンフォードだ」

彼はもう何も答えず、死体を叩く実験に戻った。

——これが、私とシャーロック・ホームズの出会いである。

その後、私はバーツの中でシャーロック・ホームズを何度も見かけるようになった。彼は主に化学実験室に入り浸《びた》り、様々な実験を行っていた。

ホームズには何か特別な〝つて〟が、この病院に対してあるようだった。医師でもなければ医学生でもないのに、実験室へ入り込み、機材を使って実験をしているのだから。

その実験にしても、ある種独特なものばかりだった。どうも、患者の怪我や病気を〝治療〟するのが目的ではないようなのだ。私の気付いた限り、彼は以下のような実験を行っていた。

・死んでから人体を叩いた場合に残る痕跡（最初に目撃したもの）。
・何もあるようには見えないところから血液の痕跡を検出する方法。
・毒草が人体に及ぼす影響。
・人間が触《さわ》った物から指紋を検出する方法。

――こうしてまとめると、何か怪《あや》しいとさえ思えてしまう。

ある時、化学実験室に入ると、先にいて何か実験をしていたシャーロック・ホームズがこちらを向いて言った。

「スタンフォード。君に質問がある」

私は少々身構《みがま》えながら答えた。

「なんでしょう」

「君は医学に身を捧《ささ》げているのだな」

「まあ、そうです」

「ならば、医学の進歩のためならば、実験を手伝ってくれるだろうね」

ホームズはそう言いながら、ティーカップをこちらに突き出した。カップにはなみなみと液体が入っている。

「お茶？」

「そうだ、お茶だ。それを飲んでくれ」

私はカップを受け取りつつも、不審に思って口へは運ばなかった。

「お茶を飲むのが、どうして医学の進歩に役立つんですか」

「それには薬物が入っているからだ」

ぎょっとして、私はお茶をこぼしかけた。

「……勘弁《かんべん》して下さい。死ぬのは嫌です」

震える手で、ティーカップをホームズに返す。受け取ったホームズは、それをデスクに置くと、残念そうに言った。

「おそらく死にはしない、と予測しているんだがな。薬物が入っていることは判明しているんだが、人体に対する効果が不明なんだ。それを明らかにするためにも、実験したいんだ」

「不明ってことは、有害かもしれないんじゃないですか。やっぱり無理です。どうしても人体実験したいなら、自分で飲んで下さい」

「僕が飲んだら、何かあった時に記録を残せなくなるじゃないか」

シャーロック・ホームズは結局、後で実験用の猿を調達して飲ませたらしい。猿はというと、死にはしなかったものの二十四時間こんこんと眠り続けたという。やはり、飲まなくてよかった。

ホームズの寄越す食べ物や飲み物は、絶対に口にしないことにしよう、と私は誓った。

気が付けば、私はシャーロック・ホームズが一体何者なのか知らないままだった。医療関係者ではないのに、なぜここで実験をしているのか。それを知るきっかけとなる、出来事があった。

私が朝、バーツに入ろうとした時のこと。汚い身なりをしたひとりの浮浪少年が、入り口付近でうろうろとしていた。厳格な医師だったら、一喝《いっかつ》して追い払っていただろう。だが私は、なんとなく気になって足を止め、声を掛けた。

「君。この病院に、何か用事かい」

いきなり話しかけられて、彼は一瞬びくりとした。そのまま待っていると、ようやく口を開いた。

「おれ……シャーロック・ホームズさんに用事が……」

おかしなことは、みんなシャーロック・ホームズか、なるほど。内心でそう思いながら、私は溜息をつくと歩き出した。

「ついてきたまえ。案内してあげよう。たぶんホームズは、この時間なら実験室にいるんじゃないかな」

少年は、目を丸くしていた。すぐに、小走りで私に従《したが》った。

「えっ。そんな簡単に、いいんですか？　おれ、こんな格好なのに。適当なことを言って建物に入り込む、こそどろかもしれないですよ」

「シャーロック・ホームズ」

「はい？」

「君はシャーロック・ホームズの名前を出した。彼ならば、君のような知り合いがいても不思議はない」

彼は私に並び、愉快そうに笑《え》みを浮かべた。

「ホームズさんのこと、分かってるじゃん。ホームズさんてすごい変わり者だからね」

私は実験室を覗いた。案《あん》の定《じょう》、ホームズはそこにいた。彼の前には赤いグラデーションがあった。近づくと、それは幾つも並んだ試験管で、中身の液体が右へ行くほど少しずつ赤が濃くなっているのだと判った。

「ホームズさん！」

少年が駆け寄り、ホームズは手元から目を上げた。

「ウィギンズじゃないか。よく入れてもらえたな」

「あの人が、連れてきてくれたんだ」ウィギンズが、私を指し示す。

ホームズは、ちらりと私に視線を走らせる。

「そうか、スタンフォードが。それで、こんなところまでどうした」

「新情報があるんですよ。これは一刻も早くホームズさんに知らせないと、と思いまして」

ウィギンズと呼ばれた少年が声を潜《ひそ》めたので、「じゃ、私はこれで失礼するよ」と声を掛けて、立ち去ろうとした。

そんな私の背中に向かって、ウィギンズ少年は「ありがとうございました、スタンフォードさん！」と声を投げかけてきた。服装は汚いが、礼儀は正しいようだ。私も片手を上げて返礼した。

後《のち》ほど実験室の前を通りかかると、ホームズはひとりで何やら作業をしていた。並んでいる機材が違うので、先刻の実験とは別物のようだ。

様子を見計らって、私は声をかけた。

「さっきの子は帰ったんですね。一体、あの子は何なんです」

ホームズは実験の手を止めずに、答えた。

「ああ、ウィギンズのことか。彼なら『モンタギュー・ストリート・イレギュラーズ』の一員だ。僕の仕事を、手伝ってくれている」

「仕事……そういえば、何の仕事をしているのか、教えてもらったことがなかったですね」

「訊《たず》ねられなかったからね。別に隠しているわけではない。僕は、世界で唯一《ゆいいつ》の諮問《しもん》探偵だ」

「警察官ということですか？」

ホームズは、馬鹿にしたように鼻を鳴らした。

「警察などと一緒にしないでくれたまえ。僕は依頼を受けて、事件を捜査するんだ。警察から依頼をされることだってある」

「警察が一般人に依頼？　そんな馬鹿な」

「信じられなければ、信じなくて結構」

すぐに、信じることになった。その数日後、私は化学実験室で実験をしていた。いつものごとくシャーロック・ホームズがいたので、彼とは距離を置いて。すると、そこへ荒い足音が聞こえた。入り口へ振り返ると、見慣れぬ男が入ってくるところだった。すぐ後ろに、制服の巡査を従えている。その様子からして、先に立つ男が私服の警察官であることは明らかだった。

警察がバーツに何の用だろうか……と私が首をひねっていると、私服警察官が口を開いた。

「こんにちは、シャーロック・ホームズさん。今日は少々、急ぎでお願いしたいことがありましてね」

ホームズは話を聞いて実験着を脱ぐと、警察官と共に出かけていってしまった。

私は仰天《ぎょうてん》してしまった。ホームズの言っていたのは、本当だったのだ。警察がホームズを訪ねてきて、頼みごとをしていた！

その日は、まだ驚かされることがあった。新たに届いた解剖用具を片付け、廊下を歩いていると、何人かの看護婦が通りかかった。私は看護婦のひとり、エリザベス・キリアム嬢を呼び止めて、用事を頼んだ。

看護婦が去ったところへ、辻馬車《つじばしや》の御者《ぎよしや》が上目遣《うわめづか》いにこちらを見ながら近寄ってきた。

「すいやせんがね、旦那《だんな》、ちとお尋《たず》ねします」

「何だね」

「こちらにシャーロック・ホームズさんって人はいやすかね？」

「いつもならいるが、何時間か前に出かけている。その後は戻ったか戻ってないか知らないな」

「戻ってるなら、どちらにいらっしゃるでしょう」

「いるとしたら、十中八九《じっちゅうはっく》、化学実験室だ」

「連れてってもらえやすか」

「ああ、いいとも」

　ホームズが一旦《いったん》戻ってすぐに出かけるために辻馬車を呼んでおいたのだろうか、と思いつつ、先に立って案内をした。しかし、化学実験室にシャーロック・ホームズの姿はなかった。

「生憎《あいにく》と、今はいないみたいだな」

「そうすか。そんじゃ、ここで待っててていいすか」

「構わんよ」

　そう言った後で、ここには貴重な機材が並んでいることを思い出した。万が一、盗まれたりしたら私の責任問題にもなりかねない。かといって、今さら駄目だというわけにもいかない。

　仕方なく、道具を整理しているふりをしてその場に残っていると、背後からホームズの声がした。

「見知らぬ人間を化学実験室へ入れては駄目だな、スタンフォード」

　慌《あわ》てて振り返ると、ホームズはいたが御者がいなくなっている。いや、よく見るとホームズは御者の格好をしているではないか。

　私は彼をまじまじと見つめつつ、言った。

「さっきの御者は、もしかして……」

「そう、僕の変装だ。見事なものだろう」

「全く気が付きませんでしたよ」

　彼はその場で御者の服を脱ぎ、持っていた荷物から普段の衣服を取り出し、あっという間に着替えてしまった。

　彼は襟《えり》を整えながら言った。

「ところでスタンフォード、君は看護婦のエリザベス・キリアムに気があるのか」

　いきなりのことに、私は飛び上がってしまいそうになった。

「何を言い出すんですか、ホームズさん」

「その反応を見ると、図星《ずぼし》だったようだな。これも、推理の結果だよ。君はいつも、エリザベス・キリアムが通りかかると、目で追いかけている。彼女と話をしていると、顔が紅《こう》潮《ちょう》し、口調が速くなる。彼女が去ると、その後姿を見送って、溜息をつく。今も、複数の看護婦がいたのに、わざわざ彼女を選んで用事を頼んでいた。以上の事柄から、君がエリザベス・キリアムに恋愛感情を抱《いだ》いている、と結論が出る」

「ちょっと、やめて下さい、そんなことを大声で。誰かに聞かれたらどうするんですか」

「おや、否定するというのかな。では、エリザベス・キリアムにそう伝えておこうか」

「勘弁して下さい」

「恋愛感情を抱いていないなら、伝えても問題ないはずだが」

私は、完全に罠《わな》に掛かってしまった獲物《えもの》の気分だった。どうやっても抜け出せない。あがけばあがくほど、罠はきつく絞まっていく。

「……誰にも言わないで下さいよ」

「それは事実を認めたということだな。最初からそうしていればよかったのに。僕は自分の推理が正しかったか、確認したかっただけだ。別に、それを何か恐喝《きょうかつ》めいたことのネタにしようだなんて、考えてないよ」

そう言って、ホームズはにやっと笑った。彼が口止め料を要求するようなことはないかもしれないが、かえって無造作《むぞうさ》に他人に喋《しゃべ》ってしまいはしないか、不安になった。

シャーロック・ホームズの推理力が大したものであることは、身にしみて分かった。彼は名探偵に違いない。実に付き合いにくい奴でもあるのだが。

彼は上着のほこりを払い、全くいつも通りの姿になると、言った。

「スタンフォード。君にちょっと手伝ってもらいたいことがあるんだ」

「毒入りのお茶は飲みませんよ」

「今日はお茶じゃない。それに先日のは毒ではなくて薬物だ」

「人体に悪い影響があったら、同じことです。実験台になるのは勘弁して下さい」

「実験台ではなく、医学従事者たる君に頼みがあるんだ。はっきり言えば、検死をして欲《ほ》しい死体があるのさ」

「また許可を拡大解釈して勝手なことをするんですか。それに手を貸したら私まで叱《しか》られます。お断りします」

「ちゃんとした許可を取ってある。だからこそなんだ。医学関係者の検死でなければ、結果は認められない、と言われたんだ。僕はバーツに出入りこそしているが、きちんとした資格はないから条件から外れてしまうんだよ。それで、君に僕の立ち会いのもと検死して欲しいのさ」

どうやら、今回はまともな話らしい。となると、かえって断りにくくなってきた。更《さら》に私は、エリザベス・キリアム嬢のことを思い出した。ここで引き受けなかったら、彼女のことを妙な形で言いふらされるかもしれない。

「わかりました。やりましょう」

「ありがたい。さあ、来てくれ」

私たちは、最初に出会った死体置き場へと向かった。その日もそこは、静寂に支配されていた。

シャーロック・ホームズが足を止めた。

「これだ」

解剖台に横たわる死体は、三十歳ぐらいの男性だった。

「死者の職業は判るかね」

私は死体の横に置かれていた衣服を、じっくりと眺《なが》めた。

「肉体労働者なのは判りますが……」

「間違いではないが、もっと正確に言うと、荷運び人夫だ。ホワイト・チャペル地区の裏道で発見された。ここでは服は脱がされているが、発見時は着ていた。だが、所持品は全くない。コインひとつも」

「ホワイト・チャペル界隈《かいわい》は治安が悪いですからね。辻強盗に殺されて、金銭を全て奪われたんでしょうか」

「その判断は僕がする。死因は何だと思う」

これは、ざっと見ただけで判った。

「頭部に大きな傷がありますね。頭蓋骨《ずがいこつ》が陥没《かんぼつ》するほどです」

「正解だ。では、頭部以外を見てくれ」

検分すると、あちこち骨折していた。

「目に付くところだけでも、左前腕の尺骨《しやっこつ》、及び左脚《あし》の脛《すね》の腓骨《ひこつ》が折れています。何か棒の類《たぐい》で、酷《ひど》く殴られたのでしょうか」

「よしよし、僕と同じ結論だ。だが、ここからが問題だ。何か気が付くことはないか」

「……よく分からないです。何のことをおっしゃりたいのか。特段、見当たりませんが」

「その『ない』ことが問題なんだよ。殴られたにしては、その腕や脚にあざが残っていないと思わないか」

言われて、ようやく気が付いた。左腕と左脚、骨が折れている部分があるにも拘《かか》わらず、確かにあざがないのだ。

「なるほど、おっしゃる通りですね。これは奇妙です」

「そこで、僕の実験が役に立つんだ。君と最初に会った際、僕がやっていた実験のことを覚えているかい」

あの時の衝撃を、誰が忘れるものか。

「もちろん、覚えていますとも」

「あの時、僕は何をやっていた」

「死体を殴って……あっ」

ここに至って、シャーロック・ホームズの言わんとするところを理解した。

「もしかして、この死者は死後に殴られた、というんですか」

「やっと分かったか。僕は一目で見て取ったのに。……その通りだ。その事実を、君にもはっきりと証言して欲しいのだ」

私は改めて調べた後、言った。

「間違いありません。この死者は頭部の傷により死亡した後に殴られて、腕と脚を骨折しています」

「とすると、君の言った強盗説には合致《がっち》しなくなる。強盗殺人だったら、殺して金を奪った後、余計なことをせずに逃げるはずだ」

「おっしゃる通りですね」

「警察では、強盗殺人の被害者で処理が進んでいる。だが、それは誤りだ。だから僕は、真相を導《みちび》き出そうと思っている。すまないがスタンフォード、手伝ってくれるか」

シャーロック・ホームズとこれ以上深い付き合いになるのは、正直言って遠慮したかった。だが彼に逆《さか》らうのは、結果が不安だった。

「仕方ありませんね。……でも、服以外に所持品はなかったんですよね。どうやって身元を調べるんですか」

「ああ、幸いなことに身元は判っている。彼はイアン・オグデンという人物だ。死体を発見したのは巡回中の警官なんだが、同僚の手助けを求めて呼《よ》び子《こ》を鳴らしたんだ。現場の近くには〈ディック・ホイッティントンの猫〉亭というパブがあってね。そこから物見高《ものみだか》い連中が、何事かと見物にやってきた。野次馬《やじうま》の輪が出来たので、巡査が死体の顔を見せて、誰だか判る人はいないかと問いかけた。そうすると、ウィリアム・フレーザーという荷運び人夫が出てきて、死人をじっくり眺めた上で、同じ倉庫で働いている男だ、と証言したんだ。イアン・オグデンという名前だ、とね。死体はここへ運ばれ、オグデンの妻が呼ばれたが、確かに夫で間違いない、と確認されたのさ」

私は少し安心した。足を棒にして、身元不明人《ジョン・ドウ》の素性《すじょう》調べをしなければいけないのかと、恐れていたのだ。

「じゃあ、君さえよければさっそく出かけよう」とシャーロック・ホームズは言った。

「まずはどこへ？」

「最初は死者の自宅だ。そこが起点になる。辻馬車を呼んでくれ、スタンフォード」

命じられるままに、外出の準備を整えた私は、辻馬車を捕まえた。二人して乗り込み、ホームズが御者に目的地を告げて合図をすると、馬車は走り出した。

シャーロック・ホームズと二人並んで馬車に乗っている、というのは、不思議な感覚だった。しかもその目的が、探偵行為なのである。

イアン・オグデンの住居は、ロンドン塔の東側、セント・ジョージ街の裏手にあった。あまり上品とは言えぬ界隈で、何やら異臭が漂《ただよ》っていた。馬車を降りてホームズと二人で横丁《よこちょう》に入ったが、いかにも治安が悪そうで、私は周囲への警戒を怠《おこた》らなかった。こちらが複数であっても、いいカモと看做《みな》されれば、金品目当てで襲ってくる輩《やから》もいるだろう。

オグデンが住んでいたのも、せせこましい共同住宅のひとつだった。ホームズのノックに応《こた》えて出てきたのは、若い男性だった。がっしりとした体つきはしていたが、顔はまだ少年っぽさを残しており、おそらくまだ二十歳に達していないだろう。

「イアン・オグデンのお宅だね」とシャーロック・ホームズは言った。

「親父《おやじ》なら死んだよ」と青年は言った。これで彼がオグデンの息子だということが判明した。「あんたら誰」

「シャーロック・ホームズ。探偵だ。君のお父さんが亡くなった件を調べている。君、名前は」

「ブレンダンだけど」

「オグデン夫人はいるかね」

ブレンダンは、後ろに向かって声を張り上げた。

「母さん！　ちょっと来て」

ほどなく、げっそりとした顔の中年女性が出てきた。これがオグデン夫人だった。彼女は不審そうな顔を我々に向けた。

「夫のことで何か」

「実はご主人が亡くなった件で、少々疑問点が発覚してね。ご主人を恨《うら》んでいたような人物は、ご存じないだろうか」

「辻強盗の仕業《しわざ》じゃないんですか」

「まだ何とも結論は出ていない。そのため、調査をしているんだ。どうかな、心当たりは？」

オグデン夫人は息子と顔を見合わせてから、言った。

「そういや最近、マッキャンと何やら揉《も》めた、と言ってました」

「マッキャンというのは何者かね」

「夫と同じ倉庫で働く男です。きっかけは仕事中にどっちがぶつかったの、ということらしいのですが、それ以来険悪になっていると」

シャーロック・ホームズはブレンダンの方をちらりと見た。

「息子さんもイアン・オグデンと同じ仕事だね」

「そうですが、どうしてご存じで」

「上半身の、筋肉の付き方で判る」

「ガキの頃から、荷運びをしてきたよ。親父のおかげで、働き口のつてはあったしな」

「君はマッキャンのことは知っているか」

「ああ。でも乱暴者ではあるけど、人殺しをするような奴だとは思えないんだがなあ」

「マッキャンに会うには、どうすればいいだろうか」

「仕事場に行くことだね。ワッピングにあるパーネル運輸会社の倉庫だ」

シャーロック・ホームズがちらりと私の方を見た。

「何でしょうか、ホームズさん」

「君には、助手として来てもらっているんだ、スタンフォード。ちゃんとメモを取ってくれ。倉庫の正確な住所を、訊いておくんだ」

私は急いでポケットを探《さぐ》ると、幸いにも鉛筆が入っていた。しかし紙がない。仕方なく、カフスに住所をメモした。

ブレンダン・オグデンは更に「倉庫へ行けば、監督のクーパーという男が作業を取り仕切っているから、彼に訊けばすぐに判るはずだよ」と言った。私はその名前も、メモする。

オグデンの家から少し歩くと、似たような倉庫が幾つも並ぶ倉庫街に入った。その先に、パーネル運輸の倉庫はあった。荷袋をひとりで幾つも担《かつ》いでいる男や、大きな木箱を二人がかりで運んでいる男たちが、出入りしている。いずれも、荒っぽそうな男たちばかりだった。すれ違う際に、私たちを睨《にら》むような目で眺めていく。

　ここへ入るのか、と私は腰が引けていたが、シャーロック・ホームズは躊躇いもせずに入り口から倉庫の中へと入っていった。ひとりだったら絶対に来ないような場所だ。急いで後を追う。

　倉庫内を眺めつつ歩いていたホームズだったが、急にひとりの男へと向かって一直線に進んだ。彼の目指す先にいたのは、人夫たちに指示を出している監督らしき人物だった。

　男は、ホームズに気付くと言った。

「何の用だね。用がないなら、勝手に入ってもらっちゃ困る」

「用ならあるんだ。監督のクーパーさんだね」

「そうだが。あんたは」

「シャーロック・ホームズ。探偵だ。イアン・オグデンの件を調べている」

「ああ」クーパーは肩をすくめた「あいつは運が悪かったな。辻強盗に出くわしちまうとは」

「それで、マッキャンという男に会いたいのだが、今どこにいるかな」

「へえ？　強盗の件で、なんでマッキャンが関係するんで？」

「彼から、話を聞きたいんだ」

「まあ、いいがね。奴ならさっき荷を取りに行ったところだから、そろそろ戻るはず……。あ、来た来た、あいつがマッキャンだ」

　クーパーの指差す入り口の方を振り返ると、荷袋を担いだ男が入ってくるところだった。

「そうか。ありがとう」

　シャーロック・ホームズは、マッキャンへと歩み寄り、彼が荷袋を下ろしたところで声を掛けた。

「マッキャンだな」

　マッキャンは、目を細めてホームズを睨んだ。横に置いてあった木箱に手を突いて、荒い息をしている。汗が顔をつたい、顎《あご》からしたたっていた。むっとする汗の臭いが、ホームズの後ろにいる私のところまで漂って来る。

「なんだ、あんたは」

「イアン・オグデンの死を調査している、探偵のシャーロック・ホームズだ。話を聞かせてもらいたい」

「あいつのことは、そんなに知ってるわけじゃない。どちらかというと、仲が悪かった方だ」

　おや、正直な奴だな——と私は思った。そのようなことを言ったら、自分の立場が悪くなるかもしれないということぐらい、すぐに分かりそうなものだが。

「イアン・オグデンが死んだ晩、お前はどこにいた」

「いつも通りだ。仕事が終わりゃ、パブで飲んだくれてる。〈ディック・ホイッティントンの猫〉亭だ。あんときゃ確か……、ウィリアム・フレーザーがいたと思う。奴に訊いてくれ。やっぱりここで働いてる人夫だよ」

「そうしよう。だが、お前とオグデンは、最近揉めていたと聞いたが」

「それで俺のところへ来たのか。あいつが、貸した金を返してくれないからだ。だからと言って俺は、殺して金を奪うほどの馬鹿じゃない。あいつは死んじまったが、遺族に借金返済を迫るつもりもない。さあ、もういいだろう。俺は忙しいんだ」

そう言うと、彼はその場を去った。

シャーロック・ホームズは、マッキャンが見えなくなるのを確認すると、屈《かが》み込んだ。ポケットから拡大鏡を取り出し、マッキャンの汗がしたたり落ちた周辺の床を眺めていた。そして立ち上がると、今度はマッキャンが手を突いていた辺《あた》りの木箱を幾つか拡大鏡で検分する。私には、彼が何をしているのかさっぱり分からなかった。

その後、ホームズは再びクーパーを捕まえ、今度はウィリアム・フレーザーの居場所を尋ねた。

「生憎と、あいつならもう上がったよ」とクーパーは答えた。

「では、フレーザーの自宅を教えてくれ」とホームズ。

「いんや、あいつはそんな真っ直《ます》ぐ帰るようなタマじゃねえよ。今頃、〈ディック・ホイッティントンの猫〉亭で一杯始めてるはずだ。ここの荷運び人夫に呑《の》み助《すけ》は多いが、フレーザーはその中でも取り分け酒好きだ」

「ならば、〈ディック・ホイッティントンの猫〉亭の場所を」

クーパーは、この倉庫からホワイト・チャペルにある〈ディック・ホイッティントンの猫〉亭までの道順を、大雑把《おおざっぱ》に説明してくれた。これをまた、私はメモをする。カフスには、もう書く場所がなくなってきた。

しかし、メモの意味はほとんどなかった。シャーロック・ホームズは一度聞いただけで道順を理解したらしく、先に立ってどんどん進む。どうやら、彼の頭の中にはロンドンの地図が入っているようだった。

挙句《あげく》の果てには、振り返って「早く来い、スタンフォード。置いていくぞ」などと言う。まだ治安がいいとは言いがたい地域内だったので、置いていかれてはたまらない。足を速めて、ホームズにぴったりついていった。

パブ〈ディック・ホイッティントンの猫〉亭は、すぐに見つかった。吊り看板《パブサイン》には、ネズミを追いかける猫が描かれていたので、一目で分かった。

店に入ると、立ち呑みしている客たちで、既《すで》に賑《にぎ》わっていた。安タバコの煙が充満しており、咳《せ》き込みそうになる。店内の人間はみな、ホームズと私をちらりと見た。明らかによそ者なのだから、いたし方あるまい。

シャーロック・ホームズはカウンターへ進むと、髭面《ひげづら》で樽《たる》のような体形の店主に「エールをふたつ」と頼んだ。店主は中身がこぼれそうな勢いでジョッキをカウンターへ置く。ホームズは多めに代金を払う。

「釣りはとっておけ。ウィリアム・フレーザーは？　警察ではないから安心してくれ」

店主は表情を変えずに金を受け取ると、顎を動かしてカウンターの端《はし》で呑んでいる人物を示した。濃いもみ上げをたくわえた、やはり体格のいい男である。

ホームズはフレーザーのもとへとすぐに移動する。ついていこうとしたら、ホームズが顎をしゃくって私の背後を指し示す。はて、と思って振り返ると、ジョッキがカウンターに置きっ放しになっていた。慌《あわ》てて戻り、ジョッキを両手にひとつずつ持って、ホームズを追った。

「ウィリアム・フレーザー、だな？」ホームズが言うと、フレーザーはあまり友好的とは言えぬ目を向けてくる。本来なら、絶対にお近づきにはなりたくない類の人間だ。

「死体を見て、イアン・オグデンだと指摘したのはお前さんだって？　ちょっと話を聞かせてくれ」とホームズは続けた。

しかし、フレーザーは沈黙を保っている。そこでホームズは、店主に合図をして、エールをもうひとつ持ってこさせた。

「話をしてくれたら、これを奢《おご》る」

フレーザーの目の色が変わった。彼は飲みかけだった自分のジョッキを一口で飲み干し、ホームズから新たなジョッキを受け取ると、言った。

「ああ、確かに俺だ」

ホームズが質問をし、フレーザーが答える。フレーザーの語る死体発見時の状況は、既に知っていることばかりだったが、ホームズは遮《さえぎ》らずに聞き続けた。一通りの説明が終わったところで、ホームズは新たに問うた。

「あと、聞かせてくれ。その時、マッキャンもここで呑んでいたか?」

フレーザーはちょっと考えたが、やがてうなずいた。

「そういやあ、確かにいたな。監督の人使いが荒いという話をしたのを、覚えているよ」

「彼は、ずっと店にいたか」

「あいつは呑むとお喋りになる。あの日は、あいつの声がずっと聞こえてたな。俺の隣で別な奴と話してた時は、あんまりうるさくて『やかましい』と怒鳴《どな》りつけて、喧嘩《けんか》になりかけたぐらいだ」

「死体の発見現場はここから近いが、イアン・オグデンはここで呑んでいたわけではないのか」

「それは断言できるな。あいつはもともとここの常連じゃない」

「悪いが、死体の見つかった正確な場所を教えてくれるか」

「いいとも」

店を出て横丁を半ブロックほど行ったところで、ウィリアム・フレーザーは街灯の明かりがぎりぎり届く辺りの路上を指し示した。

「そのへんだ」

「ありがとう」

シャーロック・ホームズはそう言うと、コインを親指で弾《はじ》き飛ばして、フレーザーに渡した。

「もう一杯やってってくれ。ああ、良かったらぼくらのジョッキも片付けてくれ」

フレーザーは、嬉々《きき》として〈ディック・ホイッティントンの猫〉亭へと戻っていった。

ホームズが屈み込んだかと思うと、すぐに両手両膝《ひざ》を突いて這《は》い、路面をなめるように眺め始めたので、私は驚いてしまった。

「スタンフォード」

「え。はい？」

「邪魔だ。影になる」

そう言われるまで、街灯の光が作る私の影が、ホームズの方へ差しているのに気が付かなかった。慌てて、移動する。

「今度は、調べたい場所を踏んでいる」とホームズ。「もう少し下がってくれ」

言われた通りに、後ろへ下がる。

「……さすがに、もう痕跡はほとんどないな」とホームズは呟《つぶや》く。

やがて彼は立ち上がり、両手をはたいた。

「ここの用事は済んだ。よし、行こう」

そう言って、すぐに歩き出す。私は慌ててその後を追った。さっきの倉庫街以上に治安の悪そうな一帯だ、一刻も早く立ち去りたい。

ところが、ホームズに従って歩き、着いた先は、元の倉庫ではないか。どういうことか、と問う間もなく、ホームズは入り口から倉庫内へ入っていく。

「なんだ、またあんたか」監督のクーパーがホームズに気付き、言った。「訊かれたことには、全部答えたろう」

「では、この質問にも答えてもらおうか」とホームズ。「イアン・オグデンを死なせたのは、故意か、それとも事故か？」

クーパーが驚きに目を見開き、言った。「あんた、何を言ってるんだ？」

「もっとはっきり言わないと分からないか？　では言ってやろう。お前がここでイアン・オグデンを殺害したのか？　それとも事故だったのか？　きちんと答えないということは、殺意があって殺したのだと認めることになるぞ」

クーパーだけでなく、私も驚いていた。クーパーは怒り出すだろう、と思っていたのだが、あにはからんや、凍りついたようになって、脂汗を流し始めたのだ。

「ど、どうして……」

「どうして判ったのか、かね？　死体を調べて、頭部以外の傷が死後に付けられたものだと判明した時点で、強盗ではないことは確実となった。強盗だったら、そんな面倒なことはしないからね。それに現場は、街灯の明かりが届く場所だった。強盗なら、もっと暗いところで襲うはずだ。つまり、あそこで死体を発見して欲しい、強盗だと思われたい――ということは、やはり強盗ではない。イアン・オグデンは別な場所で死に、死後に運ばれたのだ。では、どこで死んだか。オグデンが最後に目撃されたのはこの倉庫だから、ここを起点に考えるべきだ。さっきマッキャンと話をしていて、彼が汗を落とした辺りの床に、大量の血が流れて、それを拭《ふ》き取ったような形跡があった。僕の血液鑑定薬を使えば、他の液体ではなく血液だと、確認できるだろう。そこに積み上げられている木箱を調べたところ、これまた血を拭き取った跡があった。つまりオグデンの死の現場はそこであり、凶器は木箱だ。オグデンの死は一瞬のことだとしても、血を拭くのは時間がかかるだろう。あそこで血を拭いたりしている人間がいたら、監督――お前が気が付いて騒ぐはずだ。なのに全く言及がなかった。ならば、それはお前自身がやったことに違いない。となると、あとは故意か、事故か。お前は木箱をイアン・オグデンの頭にぶつけて殺したのか、それとも何かの事故だったのか？」

「……事故だ。事故だったんだ」クーパーが、首をうなだれて言った。「一番上の木箱が、きちんと積み上げられてなくて。俺は、その下の木箱によじ登って、直そうとした。ところが、誤ってそれを落としてしまった。そうしたら、たまたま下にオグデンがいたんだ。こ角が当たって奴の頭はぱっくりと割れ、血が溢《あふ》れ、奴はあっという間に死んじまった。これがばれたら、俺はクビだ。だから辻強盗の仕業に見せかけようと、財布を抜き取って、奴の手足を折って、荷袋に詰めた。それを荷物に偽装して運んで、横丁に捨てた。これで、万事収まると思ったんだ。オグデンが死んだのも、不幸な事故だったんだ……」

「だがそれを隠蔽《いんぺい》し、金を奪った。れっきとした犯罪だよ。さあ、後は警察でじっくりと話してもらおう」

シャーロック・ホームズがポケットから手錠を取り出して、クーパーの両手首に掛けたのには驚かされた。彼は、警察官でもないのに手錠を持ち歩いているのだ。

「スタンフォード。ぼさっとしてないで、四輪の辻馬車を捕まえてくれ」

私は我に返って倉庫から走り出ると、折よく走ってきた辻馬車を見つけ、止めた。そしてホームズと共に、クーパーを辻馬車に乗せた。観念したのか、クーパーは大人《おとな》しく従う。

ホームズの指示で、辻馬車はスコットランド・ヤードまで走った。クーパーを連れてヤードに入ると、先日バーツにホームズを訪ねてきた警察官が、飛び出してくる。

「やあ、レストレード警部」とホームズが、親しげに挨拶《あいさつ》した。

それからホームズが事情を説明し、クーパーをレストレード警部に引き渡したのである。

ヤードを出たところで、ホームズが言った。

「これで一件落着だ。ところでスタンフォード、探偵の助手というのは黙ってメモしているだけじゃ駄目なんだ。質問をしたり、自分の意見を述《の》べて、僕を刺激してくれないといけない」

「そう言われましても……」

「僕が地面を調べる時も、光を遮っていた。邪魔するのではなく、手伝うのが助手の役目だ」

無理やりに手伝いをさせられた挙句、注文を付けられるのだから、たまったものではない。

「僕はこれでモンタギュー街へ帰る」とホームズ。「スタンフォード、君も帰っていいぞ」

私はひとつ疑問に思っていたことがあったので、思い切ってぶつけることにした。

「ホームズさん、あなたは警察に雇《やと》われているわけではないんですよね？」

「そうだが」

「前に、あなたは依頼を受けて捜査する諮問探偵だとおっしゃってましたが、今回は誰に頼まれたんです」

「いや、誰にも頼まれていない」

「じゃあ、報酬《ほうしゅう》は誰が払ってくれるんです?」

シャーロック・ホームズは肩をすくめた。

「僕にとっては、事件そのものが報酬なのさ。では、失礼する」

そう言うと、ホームズは夜の街の中へと歩き出した。私はその背中を、見えなくなるまで目で追い続けた。


そして、決して忘れられぬあの日の朝がやってきた。バーツの廊下で、シャーロック・ホームズに呼び止められた。

「スタンフォード。ちょっと話がある」

「なんです。また捜査ですか」

「いや、今日は全然違う話なんだ。僕は今、新しい住まいを探している。これまでのモンタギュー街の下宿が、手狭《てぜま》になってしまったんだ。資料の類が、増えすぎたものでね」

私は納得した。以前、頼まれてホームズの下宿へ物を届けに行ったことがあるからだ。資料本や実験器具が多いだけでなく、整理整頓《せいとん》がされておらず、何がどこにあるのかさっぱり判らない、という印象を受けた。

「そうですか。さぞかし大変でしょう、足を棒にして部屋探しをするのは」

「実は、部屋は見つかっているんだ」

「おや、そうなんですか。良かったですね」

私は拍子《ひょうし》抜けした。てっきり、新しい下宿探しを手伝え、とでも言われると思っていたからだ。

「正直なところ、完全に良いとは言えない状況にある。ベイカー街に格好の立地で広い下宿を見つけたんだが、その分家賃が高くてね。一方で、余っている寝室がある。だから、同居して家賃を折半《せっぱん》してくれる相手がいないか、探しているんだ」

シャーロック・ホームズは言葉を切ると、私をじっと見つめた。

「スタンフォード。君は以前、住まいが不便だと愚痴《ぐち》をこぼしていただろう」

そう言われて、私はぎょっとした。確かに不満は漏《も》らしたが、彼に対してではない。それなのに、彼の耳に入っているのだ。いや、今一番問題なのは、そのことではない。彼が次に何を言おうとしているか、予想がついたからだ。

私に同居人になれ、というのだ。

冗談ではない。私にはそんな生活は、一日たりと耐えることはできない。

だが、彼が一旦そうする、と言ったら、彼はどんな手段を使ってでもそれを実現するだろう。

だから、その言葉を口にさせてはならない。

「なに、大したことじゃありません。それでホームズさんは、家賃の折半相手を探していると。よし、わかりました、その同居人、私が見つけますよ。任《まか》せておいて下さい」

私はそうまくし立てると、ホームズが返事をしないうちに、と早足で立ち去った。

私はすぐさま、片っ端からバーツの知り合いに当たった。引っ越しをしたいと考えている人物はいないか。もしくは、家賃が折半で安く上がるのなら引っ越してもいいという人物は。

何人か、見つかった。話に乗り気になってくれる者もいた。しかし、同居相手がシャーロック・ホームズだと知った途端に、皆、たちまちその気が失《う》せてしまうのだった。「それだけは勘弁してくれ」と言って。――ここ、バーツに出入りしている人間ならば、シャーロック・ホームズが奇矯《ききょう》な男であることを知らぬ者はないのだ。

やがて私は悟った。セント・バーソロミュー病院の中では、ホームズの同居人は絶対に見つからない。

私はバーツを飛び出した。だが飛び出してはみたものの、行く当てもなく、ロンドンの街中をさまようことになった。私には、バーツ以外に友人などいないのだ。

私はもう、神経症になりかかっていたと言っても過言ではない状態だった。胃がきりきりと痛み、頭がぼうっとする。何もかも捨ててロンドンから逃《のが》れ、別天地《べってんち》――例《たと》えばアメリカ大陸――で生まれ変わって新たな人生を送ろうか、とすら考えた。

リージェント・サーカスを通った際、レストラン「クライテリオン」が目に入った。私は進退窮《きわ》まってやけになり、ここのバーに入って一杯呑み始めた。最早《もはや》、酒でも呑まなければやっていられなかったのだ。

呑みながら鬱々《うつうつ》としていると、ふと、ひとりの人物が目に入った。見覚えのある気がするのだが、誰だか判らない。ぼうっと見つめているうちに、ようやく気が付いた。日焼けをしている上、げっそりとやつれていたために判らなかったのだが、昔バーツにいたワトスン博士ではないか。

向こうは、私に気付いていない。知り合いであるとはいえ、さほど親しかったわけではない。彼の外科手術助手を何回か務《つと》めたことがあるぐらいだ。

それでも私は、懐《なつ》かしさのあまり彼に近づき、後ろから肩を叩いたのである。

「ワトスン先生」

彼は振り返った。一瞬私のことが判らなかったらしく、不思議そうな表情を浮かべて首を傾《かし》げたが、その直後に破顔した。

「スタンフォード？　君、スタンフォードか！」

「そうです！　大変ご無沙汰《ぶさた》です」

ワトスン博士は、私との再会を大いに喜んでくれた。

「いやあ、懐かしい。君に会えて本当に嬉《うれ》しいよ、スタンフォード。そうだ、良かったら一緒に昼飯でも食わないか？　『ザ・ホウボーン』なんかどうだ。奢るから、是非《ぜひ》付き合ってくれ。積もる話がたくさんある」

「喜んで」

私たちはすぐに「クライテリオン」を出ると、通りで二輪辻馬車《ハンサム》を捕まえ、二人して乗り込んだ。

「キングズウェイとハイ・ホウボーンの角だ」とワトスン博士は御者に指示を出す。

「『ザ・ホウボーン』ですな。ようがす」と御者が応える。

御者が鞭をひとくれするや、辻馬車はがたがたと雑踏《ざっとう》の中を走り出した。私は改めてワトスン博士の姿を眺めてから、好奇心を抑《おさ》えきれずに訊ねた。

「それにしても、一体これまで何をしてらしたんです、ワトスン先生？　がりがりに痩《や》せてる上に、こんがりと日焼けしてるじゃありませんか」

「訊かれると思ったよ」ワトスン博士は苦笑《にがわら》いした。「自分で何気なく鏡を覗いても、ぎょっとするほどの変わりようだからね。実はこれでも、少しはましになったんだぜ」

「そうなんですか！　で、何があったんですか」

「わたしが軍医になったところまでは知っていたね」

「はい。ネットリーの陸軍病院で、教習を受けられたんですよね」

「第五ノーサンバーランド・フュージリア連隊に配属され、連隊が駐屯《ちゆうとん》していたインドへ向かう途中で、第二次アフガン戦役が始まってしまった。連隊を追いかけてカンダハルでようやく合流できた。だがマイワンドの戦いで、肩を撃《う》たれてね」

「なんと。よくご無事で」

「当番兵のマレイに助けられたおかげだよ。前線からペシャワルの基地病院へ後送されたんだが、今度は腸チフスにやられてしまったんだ。数か月間も生死の境《さかい》をさまよい、ようやく回復期には入ったものの、すっかり衰弱していたために英国へ送り返されてしまった、という次第《しだい》さ」

　そんな事情を聞くうちに、辻馬車は目的地に到着した。店に入って席に着き、注文を済ませると、話の続きとなった。

「それは災難でしたねえ」と私は言った。「で、今は一体、何をしてるんです?」

「下宿を探してるんだ」ワトスン博士は答えた。「手ごろな家賃で、住み心地《ごこち》のいい部屋がどこかで借りられないか、考えていたところなんだ」

　その答えに、私ははっとなった。私はワトスン博士と話をしていたおかげで悩ましいシャーロック・ホームズのことをすっかり忘れていたのだが、そのワトスン博士が部屋を探しているという。ならば、ワトスン博士にシャーロック・ホームズの同居人という役割を押し付ければ、全てが解決するではないか。

私は改めて、ワトスン博士をとっくりと眺めた。アフガニスタンで実戦を経験し、地獄を見てきた人物。ならば、あのシャーロック・ホームズの相手だって、平気で務まるのではないかと思える。

だが、急《せ》いてはならない。私は慎重に言葉を選んだ。

「へ、へえ、これは不思議な縁ですね。今日、そういう話を聞かされるのは、これで二人目ですよ」

ワトスン博士は、私の話に興味を持ってくれた。

「ほほう。その、ひとり目というのは誰だね？」

化学実験をしている男が家賃を折半してくれる同居人を探している、という説明をすると、ワトスン博士は俄然《がぜん》身を乗り出してきた。彼にとって、渡りに船の話だったらしい。

そこで私は、シャーロック・ホームズが医者でも医学生でもないがバーツに出入りしている、特殊な立場にある人間だということを語って聞かせた。ところが、どうしたことだろう。ワトスン博士は、ホームズに対する興味を余計に募《つの》らせていったのだ。「是非会ってみたい」とまで言ったのである。結局、食後にバーツで引き合わせることになってしまった。

食事中はホームズとは関係ない、共通の知り合いが今何をしているかなどを話していたはずなのだが、内容はよく覚えていない。もしかしたらワトスン博士がホームズの同居人になってくれるかもしれない、という期待感と、その一方で、ワトスン博士にホームズの実態を知らせぬまま同居させていいものか、という罪悪感とが、頭の中で渾然《こんぜん》一体となっていたのだ。

バーツへの移動中、万が一ホームズと反《そ》りが合わなくても私のせいにしないで欲しい、と念を押した。さすがのワトスン博士も、何か気付いたらしい。ホームズについて何もかも話してくれ、とうながされた。

私はこれで、罪悪感から解放される、と安心した。ホームズの実情を知ってワトスン博士が断っても、仕方がない。

シャーロック・ホームズがいかに奇矯な人間か、私は包み隠さず話した。科学のためなら友人に一服盛りかねないこと、死体を叩くような実験を平気でする人間であること、などなど。

だがワトスン博士はホームズに会うのをやめるとは言わなかった。バーツの中で、ワトスン博士は懐かしそうに周囲を見回していた。

化学実験室へ入ると、シャーロック・ホームズは正に実験の真っ最中だった。タイミングを見計らってワトスン博士を紹介しようとした、その矢先である。ホームズは、ヘモグロビンを検出する試薬を発見した、と騒ぎ始めたのである。

慌てて二人を引き合わせると、ホームズはワトスン博士と握手しながら言った。

「君、アフガニスタンへ行っていたね？」

私はこれで絶望した。相手の全てを暴き出してしまう、ホームズの悪癖《あくへき》だ。これでは、ワトスン博士は同居を考え直すだろう。

ところがワトスン博士は、平気でホームズと話をしているではないか。これはもしかしたら……と、私は期待を持ち始めた。

私は改めて、ワトスン博士が部屋を探しているので、同居人を探しているホームズの元へ連れてきたのだ、と説明した。すると二人は、海軍煙草《たばこ》を吸うだの、ブルドッグの子がいるだの、ヴァイオリンを弾《ひ》くだのと、私ですら知らなかったようなことを――あくまで欠点としてだが――述べ始めた。

ここからはまるで嘘のように、話はとんとん拍子に進んだ。ワトスン博士はすぐ翌日に、シャーロック・ホームズと一緒にベイカー街２２１Ｂの下宿を下見に行った。その後の経緯が気になった私は夕方、ストランドにあるワトスン博士の滞在するプライベート・ホテルの部屋を訪ねた。

見ればワトスン博士は、なんと荷物をまとめているところではないか。まさかと思って下見の結果を訊ねると「その場で契約を決めてきたよ」と言うのだ。私は自分の耳を疑ってしまった。

しかしワトスン博士は本当にその晩のうちにホテルを引き払い、ベイカー街221Bに移ってしまったのだ。成り行き上、私は彼の荷物を運ぶ手伝いをした。あまりにも急だったため、ベイカー街の部屋にはまだシャーロック・ホームズの荷物すらなかったほどだった。

かくして、シャーロック・ホームズとワトスン博士の同居生活は始まった。広い部屋で化学実験ができるようになったためか、ホームズはバーツへ滅多《めった》に出入りしなくなった。

私は解放され、大いなる精神の平安を感じることができた。ホームズが来なくなっても、少しも寂しいなどとは思わなかった。とはいえ、いつ彼らの同居生活が破綻《はたん》するか、心配もしていた。

そこである日、私はベイカー街221Bを訪ねてみた。幸いにして、シャーロック・ホームズもワトスン博士も在宅中だった。ホームズはご機嫌で、家主のハドスン夫人に頼んで私のためにお茶を用意してくれた。

様子をうかがってみると、ワトスン博士はホームズを相手に距離を置かず、ごく普通の友人に対するような態度で接していた。ホームズの側でも、同様だった。この二人がこれほどうまが合おうとは、引き合わせた本人である私にも予測できなかった。

ワトスン博士が、最近ようやく始めたという往診の仕事に出かけるというので、私も一緒に立ち上がり、帰ろうとした。

するとシャーロック・ホームズが「ああスタンフォード、まだちょっといてくれ。話したいことが残っているんだ」と言うではないか。

一体何事か。ようやく解放されたと思っていた恐怖感に、再び襲われる。今日ここへやって来たのは、やぶへびだったのだろうか。

ワトスン博士を見送り、二人きりになるとホームズは言った。

「礼を言うよ、スタンフォード。君のおかげで、いい同居人が見つかった。いや、どうやら最高の同居人のようだ。君がいなければ、ワトスン君と出会うことはなかった。ありがとう」

私は驚いてしまった。シャーロック・ホームズが丁寧《ていねい》に感謝の言葉を述べている。あの奇人ホームズが。

「いや、別に、それほどでも」私は予想外のことゆえ返答に困ってしまい、しどろもどろとなった。

「それからもうひとつ」とシャーロック・ホームズは続けた。「君には……謝罪しなければならないことがある」

今度の私は、驚きを通り越して混乱した。謝罪？　シャーロック・ホームズが、私に？

「……よく、意味が分からないのですが」

「うん、それも無理はないだろう。君の知らない事柄だから。実は僕はね……君を操《あやつ》ったんだ。君は、僕と同居したくなくて、慌ててワトスン博士を探し出してくれたろう。そうだね？」

「えっ。いえ、その」

「まあ、肯定しにくいだろうな。大丈夫だ、僕は協調性に欠ける人間だという自覚ぐらいはしている。君は、誰か代わりの同居人を見つけ出さなければ、自分がホームズと一緒に暮らさなければならなくなる、そう思ったね？　それは、君がそう思うように僕が仕向けたからだ。本当は、君と同居するつもりなどなかったんだよ」

私はもう、何がなんだか分からなくなった。

「では、一体どうして……」

「僕は、友だちの少ない人間でね。大学時代でも、友人と言える人物は数えるほどしかいなかった。だから、僕ひとりでは、到底《とうてい》同居してくれそうな人を探し出すことはできなかった。その点、君は社交的で、僕よりも百倍は友人が多い。そんな君なら、誰かひとりぐらいシャーロック・ホームズと同居してもいいという奇特《きとく》な人物を探し出してくれるのではないか、そう期待したのさ。僕は一日も早く同居人を見つけたかった。君に本気で探してもらうには、危機感を与えるに限る。それで、わざと誤解を与えるようにしたんだ。いや、本当にすまなかった」

＊　＊　＊

あれから、月日は流れた。今や、シャーロック・ホームズとワトスン博士は、ロンドンで最も有名な二人組となった。いや、もしかしたら英国一かもしれない。ワトスン博士は、世界一の名探偵の相棒、かつ記録係として、広く名を知られている。

私は今、自宅の居間のソファに座って、ワトスン博士の筆によるシャーロック・ホームズの事件記録が掲載された『ストランド・マガジン』を広げていた。新作が発表されれば、英国中の読者が飛びつき、むさぼるように読みふける。

私は、夢想してみる。自分がシャーロック・ホームズと相性《あいしょう》が良かったならば、私が彼の相棒を務め、事件簿を書いていたかもしれないのだ。

しかし結局、私はワトスン博士を羨《うらや》みはしなかった。ホームズの相棒は、ワトスン博士だから務まったのだ。一回だけホームズの捜査に同行して、それは十分に分かった。私は、ワトスン博士にはなれない。

だが、私がいなければ、あのコンビが生まれなかったのも確かだ。

いいではないか。私の勲章《くんしょう》は「シャーロック・ホームズとワトスン博士を引き合わせた男」という称号だ。それで十分だ。

私は雑誌を置くと立ち上がり、エリザベスに声を掛けた。

「じゃあ、そろそろ出かけるよ」

「いってらっしゃいませ、あなた。今コートを」

エリザベスと五歳になる娘のヘンリエッタに見送られ、私は家を出た。職場のバーツを目指して。

あとがき（作者解題）

本書『ホームズ連盟の冒険』は、サー・アーサー・コナン・ドイルによるシャーロック・ホームズ・シリーズの脇を固める「ホームズの周囲のキャラクターたち」にひとりひとりスポットを当てていく連作短編集の第二弾です。『小説ＮＯＮ』に隔月連載した〈シャーロック・ホームズの仲間たち〉を、まとめました。

連作短編集第一弾は二〇一四年に『ホームズ連盟の事件簿』として刊行されています（二〇一七年文庫化）。連作と言ってもこのような設定で、一作ごとの読みきりになっていますので、本書からお読み頂《いただ》いて全く問題ありません。

以下、それぞれのキャラクター紹介を含めた作品解題を。作品の設定の都合上、シャーロック・ホームズの原典のネタバレを含んでいますので、未読の方はご注意下さい。

「犯罪王の誕生」（二〇一四年十二月号）

シャーロック・ホームズの宿敵、犯罪王ジェイムズ・モリアーティ教授の物語です。モリアーティ教授は「最後の事件」に登場（その他『恐怖の谷』「空き家の冒険」にも）。それまでシャーロック・ホームズのシリーズは一話完結で続いてきましたが、シリーズ全体を揺るがせる存在としていきなり登場したのが、モリアーティ教授です。何せ、主人公のシャーロック・ホームズを滝つぼへ叩き落としてしまったのですから。……作者のアーサー・コナン・ドイルが、もうホームズを書きたくなくて、無理やりシリーズを終わらせるために創作したキャラクターですから、それも当然なのですが。

「最後の事件」の中で、モリアーティは大学教授の職を得たけれども、大学周辺で色々と嫌な噂《うわさ》が聞こえはじめ、とうとう教授職を辞《じ》する羽目《はめ》になって、ロンドンに流れてくると軍人相手の個人教師となった——と、ホームズはワトスンに説明しています。大学にいる間に一体何があったのか、を描いたのが本作ということになります。

モリアーティ教授に、同じ「ジェイムズ・モリアーティ」という名前の兄弟がいて、大佐であることは「最後の事件」で語《と》られています。原文では兄なのか弟なのか不明なのですが、ここでは「兄」説を採りました。

そして後半で主要な役割を果たすセバスチャン・モラン大佐については、第五話「R夫人暗殺計画」の解題で説明します。

「蒼《あお》ざめた双子《ふたご》の少女」(二〇一五年二月号)

ジョン・H・ワトスン博士の妻、ワトスン夫人の物語です。ワトスンは『四つの署名』事件でメアリ・モースタンと知り合い、婚約します。その後の作品でワトスンの結婚生活も描かれるのですが、「メアリ」という名前は結婚後には出てこないため、本当にメアリと結婚に至ったのか、確証はありません。また事件発生順にホームズの事件簿を並べ直すと、『四つの署名』以前にワトスンが結婚していたという記述もあるため、ワトスンが複数回結婚したとするシャーロッキアン(ホームズ研究家)もいます。

本作では、ワトスンがメアリと結婚したという大前提を遵守《じゅんしゅ》しました。また、複数回結婚についてはあえて触れませんでした。

メアリの元へ事件を持ち込んだセシル・フォレスター夫人は、『四つの署名』にメアリ・モースタンの勤め先の奥方として登場します。シャーロック・ホームズは昔、セシル・フォレスター夫人のために「あるちょっとした家庭内の揉《も》め事《ごと》」を解決したことがある、と記述されています。

「アメリカからの依頼人」（二〇一五年四月号）

ベイカー街221Bで働く、少年給仕ビリーの物語です。彼は「ソア橋」「マザリンの宝石」に登場します。ホームズそっくりの人形を動かして本物らしく見せる役割を果たした、というのは「マザリンの宝石」事件での出来事です。ビリー自身は、以前ホームズの人形を使った際にはいなかった、と述《の》べています。これは「空き家の冒険」のことを指します。ところが、時系列的に「空き家の冒険」以前に発生したはずの『恐怖の谷』にも、ビリーという少年給仕が出てくるのです。つまり、ベイカー街221Bには、（少なくとも）一代目、二代目のビリーがいたということになるのです。

実際、『恐怖の谷』事件の発生年は一八八八年ですが、「マザリンの宝石」事件の発生年は一九〇三年です。つまり一八八八年に給仕をしていた少年が、例《たと》えば十二歳だったとすると、一九〇三年には二十七歳になっているわけです。確かに、これは別人でなければなりません。

そこで、二人のビリーが顔合わせをしたらどうだろうか、と考えたのが本作なのです。

ピンカートン探偵社というのは実在するアメリカの探偵会社で、『恐怖の谷』「赤い輪」に登場しています。

「ディオゲネス・クラブ最大の危機」(二〇一四年三月号)

シャーロック・ホームズの兄、マイクロフト・ホームズの物語です。原作の中ではっきり言及されるシャーロック・ホームズの肉親は、このマイクロフトだけです(それ以外には、祖母がフランスの画家ヴェルネの妹、ということになっています)。マイクロフトは「ギリシャ語通訳」に初登場。「ブルース・パーティントン型設計書」にも登場するほか、「最後の事件」「空き家の冒険」にもちらりと名前が出てきます。マイクロフトの上階の住人メラス氏は、「ギリシャ語通訳」の依頼人です。

シャーロック・ホームズに言わせると、兄のマイクロフトのほうが頭が良いということです。ですが、身体を使って動き回るのが嫌いなので、探偵には向かないのです。

今回、重要なテーマとなっている「ディオゲネス・クラブ」は、マイクロフトが所属するクラブとして、「ギリシャ語通訳」に出てきます。マイクロフトの下宿との位置関係や「喋《しゃべ》ってはいけない」というルールなども、それに則《のっと》っています。

また、プレンダーガスト少佐とタンカーヴィル・クラブの名前は、「五つのオレンジの種」の中で言及される語られざる事件「タンカーヴィル・クラブ醜聞事件」に出てきます。

「R夫人暗殺計画」（二〇一五年十月号）

モリアーティ教授の犯罪組織の副官にして射撃の名手、セバスチャン・モラン大佐の物語です。原作では「空き家の冒険」に登場するキャラクターです。

教授と大佐の出会った頃の話は、巻頭の「犯罪王の誕生」にて（教授メインで）書きました。この作品はもっと後、犯罪組織が完成して機能している時期の物語となります。

盲目のドイツ人技師フォン・ヘルダーも、モラン大佐の空気銃を製作した人物として「空き家の冒険」に名前が出てきます。

最後までお読み下されば、本作が「最後の事件」へと時系列的に続いていくことがお分かり頂けると思います。

モラン大佐は、『ホームズ連盟の事件簿』収録の「バスカヴィル秘話」にも脇役として顔を見せているので、そちらもお読み下さい。

「ワトスンになりそこねた男」（二〇一五年六月号）

シャーロック・ホームズとワトスン博士を引き合わせた人物、スタンフォードの物語です。原作では『緋色の研究』の冒頭にしか登場しないため忘れられがちですが、彼がいなければホームズとワトスンがコンビを組むことはなかったのです。ホームズが死体を叩《たた》いていた、というのは有名な話です。ホームズを現代化したBBCドラマ『シャーロック』中で、ちゃんとそのシーンがあったのには感動しました。

作中、ちらりと姿を見せるウィギンズは、『ホームズ連盟の事件簿』の「不正規隊長の回想」では主役を張っています。

シャーロック・ホームズの相棒は、やはりワトスン博士でなければ務《つと》まらないのです。それをもし、普通人がやることになったらどうなっていたか……というのが、このエピソードのテーマです。

どの話も、それぞれのキャラクターが登場する元の作品を読んでいなくてもお楽しみ頂けると思います。万が一、本書を読んだことによって未読だった原典を読みたくなった、という方がいらっしゃったら本当に光栄です。

書名のネーミングが、原典と逆になってしまいましたが（コナン・ドイルのホームズ物は『冒険』が第一短編集、『事件簿』が最後の第五短編集）、そこはご容赦《ようしゃ》を。『ホームズ連盟の事件簿』を未読の方、これからでもお読み頂けると嬉《うれ》しいです。

文庫版あとがき

二〇一六年に単行本が刊行された『ホームズ連盟の冒険』が、二〇一九年に文庫化されることになりました。元号も、平成《へいせい》から令和《れいわ》に変わります。

ロバート・ダウニー・Jr主演映画『シャーロック・ホームズ』の公開（二〇〇九）とベネディクト・カンバーバッチ主演ドラマ『SHERLOCK／シャーロック』の放送開始（二〇一〇）に始まった史上最大とも言える世界的シャーロック・ホームズ・ブーム。後者が二〇一七年のシーズン4で一段落したため、そのブームも山を越えた……かと思われました。

しかし。二〇一八年には竹内結子《たけうちゆうこ》主演のドラマ『ミス・シャーロック／Miss Sherlock』がネット配信されました。同年末に公開されたウィル・フェレル主演のコメディ映画『俺たちホームズ&ワトソン』は、最低の映画に贈られるラジー賞を受賞しつつも、我が国でDVDリリース&デジタル配信が決定。二〇一九年には、コミック『憂国《ゆうこく》のモリアーティ』（竹内良輔構成・三好輝画）を原作とするミュージカルや、三谷幸喜《みたにこうき》による新作舞台『愛と哀しみのシャーロック・ホームズ』が上演されます。TVでは新宿區《しんじゆく》歌舞伎町《かぶきちよう》を舞台とする新作アニメ『歌舞伎町シャーロック』が放映予定。ダウニー・Jr

ホームズ第三弾も、企画は続いています。

出版物では「シャーロック」や「ホームズ」の名を冠した書籍が、数え切れないほど刊行され続けています。ありがたいことに、どうやらホームズ人気はまだまだ続くようです。

またモリアーティを主人公とした先述の『憂国のモリアーティ』の大ヒットや、ソーシャルゲーム『Fate/Grand Order』にホームズのみならずモリアーティが登場するおかげで、我が国におけるモリアーティ教授の知名度まで上がっているようです。

本書にはモリアーティが主人公の話と、モリアーティが登場する副官モラン大佐の話も入っております。ホームズに興味のある方、モリアーティに興味のある方などなど、皆様にお読み頂《いただ》けると光栄です。また姉妹篇『ホームズ連盟の事件簿』も同じく祥伝社文庫に入っておりますので、是非《ぜひ》一緒にお並べ下さい。

この作品は、平成二十八年二月、小社から四六判で刊行されたものです。

一〇〇字書評

切り取り線

購買動機（新聞、雑誌名を記入するか、あるいは○をつけてください）

□（　　　　　　　　　　　　　　　　　　　）の広告を見て
□（　　　　　　　　　　　　　　　　　　　）の書評を見て
□ 知人のすすめで　　　　　　　　□ タイトルに惹かれて
□ カバーが良かったから　　　　　□ 内容が面白そうだから
□ 好きな作家だから　　　　　　　□ 好きな分野の本だから

・最近、最も感銘を受けた作品名をお書き下さい

・あなたのお好きな作家名をお書き下さい

・その他、ご要望がありましたらお書き下さい

住所	〒				
氏名		職業		年齢	
Eメール	※携帯には配信できません		新刊情報等のメール配信を 希望する・しない		

この本の感想を、編集部までお寄せいただけたらありがたく存じます。今後の企画の参考にさせていただきます。Eメールでも結構です。

いただいた「一〇〇字書評」は、新聞・雑誌等に紹介させていただくことがあります。その場合はお礼として特製図書カードを差し上げます。

前ページの原稿用紙に書評をお書きの上、切り取り、左記までお送り下さい。宛先の住所は不要です。

なお、ご記入いただいたお名前、ご住所等は、書評紹介の事前了解、謝礼のお届けのためだけに利用し、そのほかの目的のために利用することはありません。

〒一〇一－八七〇一
祥伝社文庫編集長　坂口芳和
電話　〇三（三二六五）二〇八〇

祥伝社ホームページの「ブックレビュー」からも、書き込めます。

http://www.shodensha.co.jp/bookreview/

祥伝社文庫

ホームズ連盟《れんめい》の冒険《ぼうけん》

令和 元 年 5 月 20 日　初版第 1 刷発行

著　者　北原尚彦《きたはらなおひこ》
発行者　辻　浩明
発行所　祥伝社《しょうでんしゃ》
東京都千代田区神田神保町 3-3
〒 101-8701
電話　03（3265）2081（販売部）
電話　03（3265）2080（編集部）
電話　03（3265）3622（業務部）
http://www.shodensha.co.jp/
印刷所　萩原印刷
製本所　ナショナル製本
カバーフォーマットデザイン　芥 陽子

Printed in Japan ©2019, Naohiko Kitahara ISBN978-4-396-34526-6 C0193